AF451141

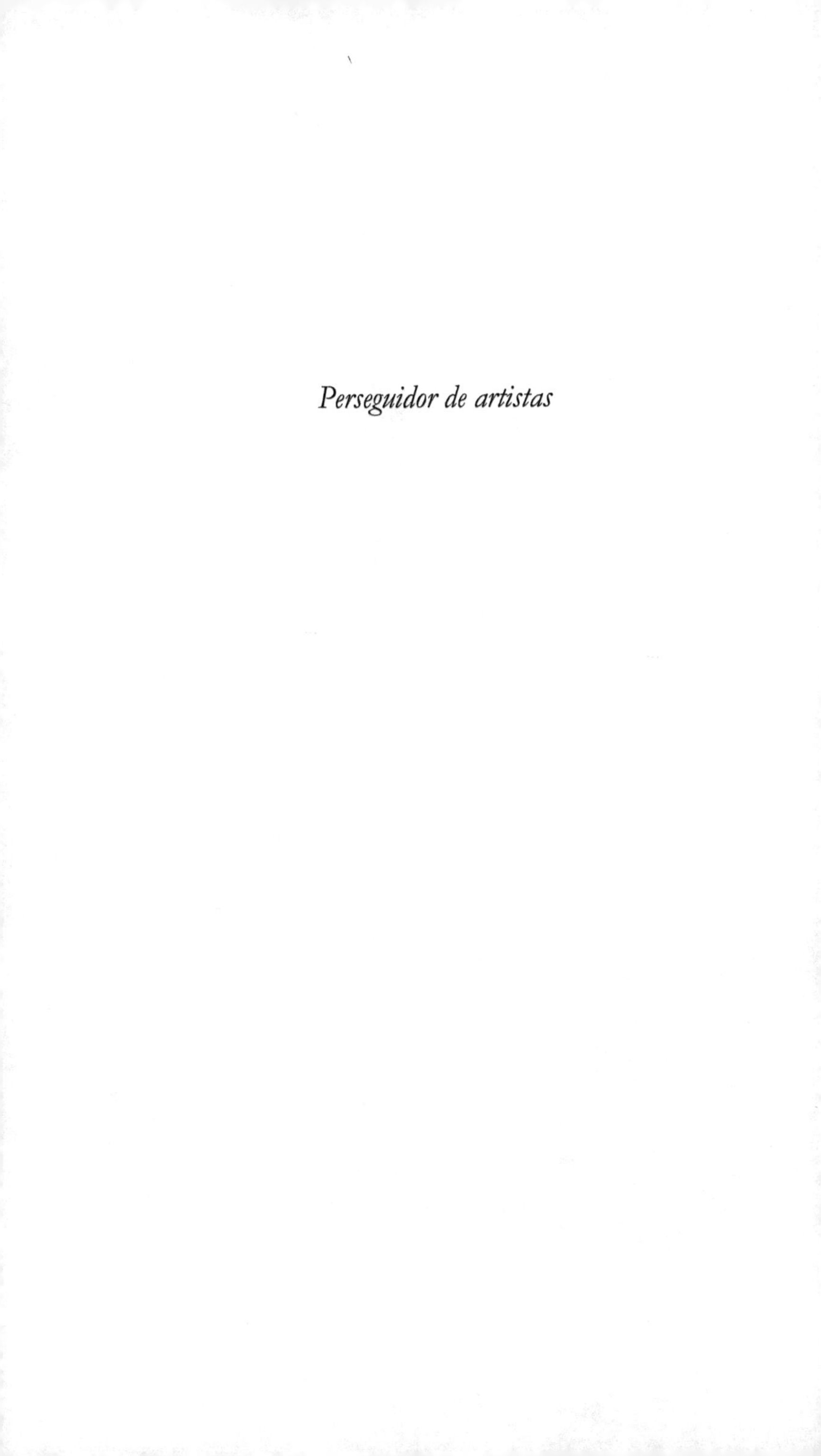

Perseguidor de artistas

Claudia Cáceres

Perseguidor de artistas

Perseguidor de artistas

Autor - editor:
© Claudia Cáceres Rivero
Jr. Llumpa 1324 - Los Olivos
Teléfono: 991 026 636
contacto@coachingeditorial.net
Lima - Perú

Diseño de portada: Israel Vargas

Primera edición, marzo 2021
Tiraje: 1000 ejemplares

Hecho el Depósito Legal en la Biblioteca Nacional del
Perú N.º 2021-02266
Registro del Proyecto Editorial: 31501172100082
ISBN versión impresa: 978-612-00-6024-7
ISBN ebook: 978-612-00-6088-9

Se terminó de imprimir en marzo del 2021 en:
Aleph Impresiones S.R.L.
Jr. Risso 580 - Lince

Para los amores imposibles

Capítulo 1

El teléfono que nunca suena

Cuando Ada dejó el colegio supo qué era perder una amiga. Las chicas ya no la llamaban para que las ayude con sus tareas y Ada tuvo que adecuarse a esta situación buscando nuevos grupos en el instituto de idiomas, tratando de ser afable, porque su padre siempre le decía «la miel puede más que la hiel», y debía tener razón, pues lo consideraba un hombre bueno; por ello, Ada terminaba congraciándose con sus compañeras. Las escuchaba después de clase, salía a tomar jugo con ellas, las llamaba por teléfono. Siempre empezaba ella, porque era bueno dar el primer paso. Siempre ella. Y así, las demás corrían encantadas al auricular a contarle cómo habían pasado el día, y minutos después (o llamadas después) se iban abriendo, y le contaban sus problemas. Y Ada, poco a poco, ganaba una amiga.

Pero las cosas no eran las mismas cuando ella necesitaba ayuda. A menudo, se encontraba en su cuarto mirando a la nada o llorando, convulsionando arrodillada al pie de la cama, compungida ante su agenda telefónica. Las personas iban y venían una tras otra y se iban. Así como todo es relativo, los sentimientos de los demás eran mutables en torno a ella. Tal vez un interés inicial las hacía juntarse, pero, una vez terminada la ilusión o finiquitado el trato, comenzaban a separarse de su lado, y creaban nuevos círculos, en donde jamás era aceptada, a pesar de que se presentaba como una amiga o conocida. Nunca había espacio para ella. Y esto parecía ya predestinado en su vida.

Como esto no era extraño, Ada trataba de sobrellevarlo apegándose a otra nueva amiga, quien la pudiera dejar entrar en su vida y compartiera sus problemas, problemas que Ada escucharía atenta cuando ella quisiera, pues era feliz haciéndolo. Al mismo tiempo, esta serviría de paliativo de la vieja herida que la antigua amiga dejó, y así podría volver a confiar en otra persona y, sobre todo, en sí misma. Hasta que esa chica se fuera, y se reiniciara el círculo.

Yo siempre la observaba desde la ventana que daba a su casa. La conocí en el verano del 88, cuando mi familia se mudó a aquel barrio de Los Olivos. Papá había conseguido un trabajo como terapista en un hospital cerca de allí y, aprovechando la oportunidad, errantes como éramos en aquella época, decidimos seguirlo. La primera vez que la vi fue una semana después de llegar a aquella urbanización de anchas pistas y verdes parques, que en aquellos tiempos no habían sido tomados por los complejos deportivos del distrito. Cómo olvidarlo. Salió de su casa con el cabello enmarañado, camisón celeste y un par de zapatillas blancas de lona, a las nueve de la mañana con una bolsa de pan. Caminaba con la misma naturalidad con la que uno lo haría por los cuartos de su casa. Tenía siete años, si bien lo recuerdo. Yo, diez. Me detuve a observarla y pensé en lo bonita que era.

Vivía en una casa de dos pisos con sus padres y su abuela. Salía todas las mañanas a estudiar y los domingos asistía a misa. Algunas veces me la cruzaba en el mercado, comprando a escondidas las figuritas de los álbumes de sus dibujos favoritos. Ahí podía encontrarla entretenida escogiendo las láminas que le faltaban para completar su colección. Luego, la veía correr al puesto de productos naturistas, donde salía con dos bolas de kiwicha, que engullía mientras regresaba a casa. Nunca fue popular. Andaba los fines de semana con un pantalón de buzo y una chompa, y se amarraba el pelo con una cola de caballo más o menos levantada. Si bien lo recuerdo, era torpe al caminar.

No asistimos a los mismos colegios. En aquellos días, si la memoria no me falla, sus padres, que eran profesores, la habían inscrito en una escuela estatal, como a casi todos los de la cuadra. En cambio, yo pasaba gran parte del día subido en una movilidad que me conducía al colegio, a cincuenta minutos de allí. Llegaba tarde a casa, luego de las largas asesorías académicas y los cursos de arte (mi mayor alegría), y me refugiaba en mi cuarto y Sketch Book, en donde desplegaba mis diseños de superhéroes.

En los meses de verano, me asomaba a la ventana para verla salir de su casa y dirigirse a las únicas amigas que hizo en el tiempo que la conocí. Selena y Daisy, como se llamaban, fueron las más guapas de la cuadra, y no había en el barrio chico a quien no les gustase. Era una desventaja, ciertamente, relacionarse con mujeres así; pero a Ada parecía no importarle. Al contrario, su rostro se tornaba luminoso y sonreía abiertamente cada vez que estaba cerca de ellas.

Selena era castaña y de contextura media. Tenía unos hermosos y grandes ojos marrones, y unos labios rosados. Poseía, sobre todo, esa aura sensual (algo sumamente exclusivo para unos pocos) que hacía que esta, inconscientemente, despertara miradas. Yo, a mis 13 años, la primera vez que la vi en la panadería, quedé embelesado por su belleza y hasta quise entablar conversación. Sin embargo, me desalenté al ver que tenía demasiada competencia.

Daisy, la menor de las hermanas, era morena y de cabello ondeado. Su aire infantil e inquieto la volvía un ser agradable y encantador. De las dos, era con quien Ada se llevaba mejor, pues ambas conservaban esas conductas de niña, esas de las que las chicas se desapegan al llegar la pubertad. Sin embargo, su cuerpo la contradecía y se formaba de manera generosa, pese a su naturaleza menuda.

Recuerdo muy bien que, a pesar de no tener amigos en el barrio, me pasaron la voz para ir a una fiesta en el colegio de Ada, y asistí más empujado por mi madre y sus intentos en que socialice con aquellos chicos de costumbres tan diferentes a las mías. La vi entrar acompañada de Selena y Daisy, que desfilaban como concursantes a *Miss Teen*. Junto a ella, mi vecina parecía más un miembro de su *staff*. Los compañeros de Ada, pese a conocerla, no la sacaron a bailar, y ella fue a ocupar una silla contigua a la mía. Desde allí pude darme cuenta, como lo hice en varios quinceañeros, que la situación se repetía.

Cuando cumplí dieciséis, mi familia y yo nos mudamos a San Miguel, y no fue hasta que ingresé a la escuela de Arte de San Marcos, para complementar los estudios de Diseño Gráfico que realicé en un pequeño instituto de Pueblo Libre, que volví a encontrarme con Ada. Mis padres, por aquella época, no entendían mi gusto por los cómics, a pesar de que mis preferencias no eran nuevas en casa. Eso seguramente le pasó al estudiar Literatura. Ambos nos detuvimos sorprendidos al cruzarnos en la facultad. Ciertamente, a pesar de mi escaso atractivo, conservaba la piel lozana como la de ella. No obstante, en ningún momento atiné a decirle hola.

Capítulo 2

Su problema con las C

A Rolando lo conocí en mi primer trabajo como ilustrador de un cómic religioso. La misma idea de que la historia de Nuestro Señor estuviera graficada me parecía extraña tanto a mí como a él, pero a los dos nos atraían intereses económicos más que espirituales. Llegó recomendado por nuestro jefe, intoxicado por aquel título del «primer anime del Perú» (¿quién no lo podría hacer en la época de los 90?). Recuerdo que vestía un polo blanco y un jean celeste. Usaba botines Caterpillar, una gran mochila y lo que sería su distintivo: un abultado canguro negro.

Entró caminando con confianza, moviendo los brazos de forma militar, como un general inspeccionando por primera vez una nueva base. Sus brazos esculpidos, su peinado, tamaño y porte me hacían recordar a un joven Arnold Schwarzenegger. Enclenque y con la piel color cucaracha, reflexionaba sobre la carencia de equidad con la que fueron creados los hombres: a algunos Dios los colmaba de dones, talentos y belleza, mientras a otros nos dejaba como espectros de aquellos paradigmas. Indignado, atiné a ignorarle y volverme a mis labores. Sin embargo, minutos después, y muy a pesar mío, mi jefe lo condujo cerca de mi cubil.

—Hola, veo que a ti también te gustan los cómics —volteó a comentarme unas horas más tarde.

—Ah, sí —contesté sonriendo con diplomacia—. ¿Tú eres Rolando Rojas?

—Sí, ese soy yo —respondió sonriente y me extendió la mano.

—Yo soy Néstor Parra, y sí, me gusta mucho dibujar cómics. Si quieres, más tarde te muestro mis ilustraciones —dije encantado y apreté su mano.

—Claro, y yo también las mías —afirmó y su mirada me transmitió su simpleza.

Poco a poco, nuestro trato fue más familiar y comenzó a contarme detalles de su vida. Según me dijo, ocupaba sus ratos libres como mangaka de *Ore wa kami-sama???*, una historieta de estilo japonés que trataba sobre un cándido joven que viajaba por el tiempo y el espacio, y que conocía a exuberantes mujeres que querían, todas, acostarse con él.

—Ya tengo casi listo el *storyboard* —decía.

—Suena interesante… —Mentí.

—No te imaginas… Parece una simple historia de amor, pero en ella se producen una serie de giros inesperados, luchas de poder… ¿Te conté que el protagonista es un semidiós?

—No —contesté sorprendido. Así me fui empapando de su historia y, también, de Rolando. Poco a poco, se fue ganando mi confianza, la que no había tenido oportunidad de entregar, y empecé a llamarlo amigo.

Más tarde, comencé a notar que, a pesar de lo que se decía de él, conservaba un desconocimiento tal de su valía que, ante los ojos del mundo, se hacía inocuo y hasta adorable. Provenía de una familia de clase media venida abajo. Era el segundo de tres hermanos que compartían un dúplex en Surco junto con su madre, una mujer amable y consentidora, que quedó viuda estando Rolando adolescente. Debido al desamparo, su abuelo asumió los estudios de sus nietos, y Rolando ingresó a un prestigioso instituto de diseño, donde demostró grandes cualidades para el dibujo, pero poca disciplina y recursos para conseguir el éxito. Su primer cortometraje animado, basado en su historia *Ore wa kami-sama???*, llamó la atención de varios profesores, pero con el tiempo su nombre quedó relegado en el olvido.

En sus ratos libres, se reunía con un grupo de *otakus*, todos mayores de treinta, viendo las últimas producciones de anime que conseguían. Los había conocido en una reunión de fanáticos de *Star Wars* y, sorprendentemente, habían coincidido en su afición por la animación japonesa, pretexto que los llevó a juntarse, a partir de ese momento, en la casa del mayor del grupo. Asimismo, se ejercitaba diariamente en un gimnasio cercano a su casa.

Con el tiempo llegué a deducir que como yo, a mis 24 años, Rolando, a sus 27, no había tenido una novia. Tan cercanos nos volvimos, que empecé a temer que se enamorara de mí; por eso, nunca lo invité a quedarse a dormir en mi casa. Sin embargo, no fue hasta la fiesta de Navidad de la empresa en que me di cuenta de que mis suposiciones eran incorrectas.

Ese día llegamos a la reunión después del brindis, justo cuando el baile había empezado. Rolando, al escuchar la música, se pegó hacia mí, y en ese momento, algo medroso, lo impulsé a acercarnos a un grupo de chicas que voltearon a mirarnos ni bien llegamos. Eran las del área comercial que, fascinadas por la apariencia de mi amigo, se acercaron como abejas a la miel.

—Yo… No, mejor me voy. —Fue la única reacción de Rolando, que raudo salió del local. Ese día no quise llamarlo para no tener que escuchar una confesión que sospechaba y temía. Sin embargo, fue él mismo quien, poco más tarde, se abrió conmigo y aclaró mi error.

—Le tengo miedo a las mujeres —me contó, y yo suspiré por dentro—. Son malas, perversas. Han jugado conmigo todo el tiempo.

—¿Contigo? —contesté incrédulo.

—Sí, conmigo. Cuando estaba en primero de secundaria, y era el único hombre del salón, jugaban a querer besarme. Yo creí en sus palabras y me enamoré de la más bella, Cristina, esa perra…

—¿Qué te hizo? —pregunté con sincera curiosidad.

—Se enamoró de un chico que llegó al colegio y se besaron delante de mí. ¡Fue terrible, quería morirme…! Es por eso que dejé el colegio mixto y me enfoqué en los deportes y el anime.

—Sí, pero no todas las mujeres son así… —Y cogí su hombro, ahora sin temor—. Ya encontrarás a alguien que te quiera de verdad. —Y mis palabras fueron como un conjuro que abrió una nueva etapa.

Pasaron cuatro meses, y Rolando y yo dejamos aquel trabajo y conseguimos una oportunidad en una revista de entretenimiento, donde, coincidentemente, volví a encontrarme con Ada. Ella, en ese tiempo, fungía como correctora de estilo. Nuestro nuevo jefe, Ignacio Molina, era un gran aficionado al cómic y nos abrió las puertas de su oficina y de la empresa. No obstante, al ver mis ilustraciones, tuvo más interés en mí que en Rolando y es por ello que me convirtió en su director de arte. A mi amigo no le afectó este cambio y hasta me felicitó.

—¡Qué bien por ti, hermano! —Y yo empecé a sentirme una basura y a desearle lo mejor. Y no pasó mucho hasta que apareció una mujer en su vida.

Celia Iriarte era una abultada joven de estatura promedio y piel blanca, que conoció por intermedio de un amigo en una reunión de anime. Usaba anteojos y unos brackets metálicos que podrían espantar a cualquier pretendiente, pero tenía una personalidad despierta y segura que la mantenía ecuánime en todo momento. Celia había tenido interés en Rolando desde el primer instante, y es por ello que no dudó en usar a Carlos, conocido de ambos, como cupido. Así fue aprendiendo sus gustos y manías y, ya adiestrada, se acercó a él de una forma en que no fue rechazada.

Pese a la agresividad de sus maneras, Rolando empezó a sentirse cómodo con la presencia de Celia y, paulatinamente, fue atraído por los primeros roces que ella le proporcionaba. Al entrar en confianza, un día intercambiaron números telefónicos y, desde ahí, empezaron a comunicarse de manera asidua. Más tarde, surgió la oportunidad de tener una cita.

Fue en el estreno de la película con Jim Carrey *Todopoderoso*, en que acordaron reunirse y, con la complicidad del local, juntar sus labios por primera vez. Luego, vinieron las siguientes salidas, las presentaciones de rigor, los fines de semana compartidos. Para quienes lo conocíamos, Rolando estaba terminando una etapa sombría, para abrir un nuevo universo, en ese momento desconocido para mí.

A pesar de todo, nuestra amistad siguió intacta en ese tiempo. Como amigo, traté de congeniar con Celia, a pesar de que su personalidad me parecía impostada y superficial. Y no me equivocaba. A los meses empezaron las peleas y aparecieron los disgustos de Rolando por los caprichos de esta. Era verdad que podía condenársele el ser dejado en la relación, pero ella solía ponerse insufrible cuando no tenía lo que quería. Sea en el lugar que fuera, no le daba reparo en armarle una escena frente a sus amigos y dejarlo como un completo imbécil si no la complacía.

—Y Néstor, ¿por qué no se consigue una novia y deja de estar detrás de ti? —le escuché hablar al otro lado del auricular una tarde que lo llamé para coordinar un trabajo. Rolando empezó a titubear avergonzado, pero yo me desmoroné lentamente. Sí, una novia era lo que me faltaba. Así dejo de seguir aguantando a esta gorda de mierda, pensaba. Lo malo era que no aparecía ni una mujer con la que pudiera compartir una afinidad. Me sentí morir. Celia poco a poco formó una brecha entre Rolando y yo, y no había forma de detenerla. Traté de refugiarme en el chat, buscando entre aquellas entidades sin nombre mi alma gemela. Así, luego de las agotadoras horas en la revista, regresaba a casa a enfrascarme en otro subreino de identidades impuestas, y durante los fines de semana concurría a reuniones donde me entretenía con juegos de rol.

El hombre, ciertamente, es un animal de costumbres y es por ello que tanto Rolando como yo nos fuimos aclimatando a nuestro nuevo estilo de vida. En algunos momentos, nos sentábamos a definir el resultado de una portada o almorzábamos juntos, pero durante ese tiempo no hubo otros espacios que compartiéramos como antaño. Intenté no odiarlo, más aún cuando en el grupo donde estaba me presentaron a una chica con la que empecé a salir.

Jenny fue mi primera enamorada. Era diseñadora gráfica como nosotros, y debió ser por ello que rápidamente surgió una empatía entre los dos. Empezamos a acompañarnos al paradero ni bien terminaban las reuniones de nuestro juego de rol, salíamos a comer los fines de semana, y nos llamábamos por teléfono sin ninguna razón, hasta que una tarde ella me dijo:

—¿Néstor, qué está pasando entre nosotros? —Y yo agradecí su pregunta y me acerqué a ella, acaricié su pelo y la besé. En ese momento, el dolor de aquellos días de juventud se fue disolviendo y encontré sentido a mi vida.

Mi relación con Jenny surgió de forma rápida, y a ese ritmo avanzaron los sucesos que siguieron. Me sentía tan complacido en ese entonces, que poco me importaba el trabajo y los problemas de este; era una especie de zombi que contaba las horas para encontrarse con su amada. Empecé a entender el comportamiento de Rolando, y el de mis padres cuando querían dejarme solo, y el de los amantes en general. Todo me parecía tan claro que pensé que había llegado a un nuevo estadio. La noche en que hicimos el amor creí que era eterna.

Me dediqué entonces al goce de mis sentidos y a los de ella. Ignoraba aquellos aspectos de la compatibilidad de pareja y las etapas de una relación; solo pensaba en follármela una y otra vez, entrar en su delgado cuerpecito y sumergirme en él y en los placeres que me ofrecía. Jenny, por su parte, estaba muy complacida conmigo y en nuestros en-

cuentros en un hotel cerca de mi casa. Tan irreflexivo me
volví que no encuentro palabras hoy para definir mi error.

Capítulo 3

El ingeniero y la secretaria

Para Henry la vida hubiera sido más llevadera si no hubiera conocido a Karen. Él ya estaba acostumbrado a la soledad, a las largas amanecidas frente a la computadora, tratando de arreglar el servidor de la empresa, bloqueando páginas distractoras a sus compañeros, haciendo un *backup* de toda la pornografía de su jefe, comprando la ropa al azar (y también sin gusto, como pudo adivinar por las miradas de sus colegas), pasando horas inolvidables leyendo algún libro de fantasía, esas extensas novelas de George R. Martin que tanto le apasionaban, o volviendo a ver algún capítulo de *Star Trek*, algo que dejaba salir a otro Henry, desconocido por todos, un muchacho vivaz, inteligente, de gran poder comunicativo, que vivía encerrado en esa costra de un metro setenta con camisa a cuadros (que más parecían manteles) que deambulaba ante los ojos de los otros.

A Henry no le interesaban las mujeres. Ni siquiera las de las películas para adultos. En realidad, nunca se puso a pensar cómo sería su vida si tuviera alguna especie de compañera. Tenía amigos, sí, los chicos de la academia de informática; todos *nerds* iguales que él. Tenía a su padre, al que no veía hace un buen tiempo. Tenía sus gatos. ¿Pero una mujer? No, eso no era para él. El amor no constituía una de sus necesidades primarias. Así lo entendía, y por eso la vida se le hacía más fácil. No existía nada que lo moviera ni conmoviera. Y hasta los que le conocían habían llegado a pensar que era un robot. A él, sin embargo, eso le tenía sin cuidado.

Pero todo se desplomó en el momento en que sus ojos se cruzaron con las piernas de Karen.

Fue aquel lunes a las nueve de la mañana, cuando Henry acudió a una entrevista de trabajo en la revista. Como, según el aviso, el puesto requería a un técnico de informática, no dedujo que para esa ocasión, como mínimo, debería presentarse en traje, pues entró a la oficina con una camisa de franela color verde esmeralda a cuadros y unos jeans gastados, indumentaria con la que podría ser reconocido a una cuadra de distancia. Sonia, la asistente del jefe, al abrirle la puerta, lo miró de pies a cabeza y dedujo que habían cambiado de mensajero en la imprenta.

—Hola, no nos avisaron que vendrías. ¿Qué pasó con Diego? —dijo la curiosa.

—¿Diego? —En ese momento Henry reparó que no estaba siendo prudente y cambió su discurso—. Disculpe, yo vine por el aviso.

Sonia lo miró con extrañeza. En sus años como asistente, jamás en su vida se había cruzado con alguien que osara vestirse de manera tan rústica para una entrevista. Pero gustos son gustos, y debía atenderlo como a todos.

—Ah, pase por aquí, por favor. —Y lo condujo a la oficina del jefe. Fue en ese instante que sus ojos se toparon con los de Ella, que ordenaba con premura unos contratos (no nuestros), y que por casualidad alzó la mirada. Adán y Eva se encontraron. Demasiado tarde el karma llega a los *frikis*, demasiado tarde.

Karen, en ese entonces, estaba bordeando los diecinueve y era la más joven de la revista. Su apariencia, sin embargo, no guardaba correspondencia con su edad, y si la comparásemos con Ada, podría parecer su hermana mayor. Mucho mayor y mejor producida. Karen venía por recomendación de uno de los amigos de Ignacio y, por ello, entró como secretaria, cargo que le ayudaba a solventar sus estudios de contabilidad, los que llevaba a regañadientes, porque, a decir verdad, odiaba los números. Tenía un sedoso pelo negro, el cual le llegaba hasta la cintura, la piel trigueña y los ojos rasgados. Solía enfundarse en unos jeans pitillo, que mostraban sus generosas y bien formadas piernas. Su cuerpo esbelto y firme no pasaba desapercibido.

¿Que por qué nunca me gustó? La verdad es que, más allá de su innegable atractivo, no despertaba en mí ningún ápice de admiración. Además, ya acostumbrado a los desplantes femeninos, el arriesgar mi ego y mi ya ganada (y muy trabajada) reputación de director de arte en una mujer que no me llegaba a los talones en cuanto a experiencia profesional y talento era un desperdicio. En verdad, no quisiera sonar cruel, pero, en mi opinión, era una holgazana, que se pasaba las horas viendo telenovelas mexicanas por YouTube y que no podía resolvernos ningún problema, ni siquiera cuando le faltaba tóner a la impresora o necesitábamos un *liquid paper*.

Más aún, desde que empecé a salir con Jenny, adquirí la manía de compararla con cada mujer que veía. Ella era delgadísima y alta. Su piel aceitunada y tersa, su soltura al hablar, que a veces me dejaba anonadado, me hipnotizaba. Ada, frente a ella, era la típica chica con lentes. Además, poseía contextura media y piel mestiza. Todavía en ese tiempo seguía con la costumbre de complacer al resto, y es por ello que siempre la veía acompañada de Sonia (nuestra gata cymric) y Karen. Al no tener una buena relación con sus compañeros editores, pasaba sus horas de refrigerio con ellas. Las chicas, por su parte, eran condescendientes con Ada en su presencia, mas a sus espaldas la calificaban de inmadura.

—¿Qué es lo que está estudiando? Literatura, ¿no? —comentó una tarde Sonia.

—Sí —contestó Karen—. Escritora querrá ser…

—¿Escritora? ¿De qué? ¿De mangas para chicas? ¡Pero si vive en las nubes!

Su vieja costumbre de formar grupos de tres me recordó el tiempo en que deambulaba con Kami y Hikaru, unas estudiantes de Lingüística, aficionadas al anime, por los pasillos de San Marcos. Esas muchachas, por múltiples razones, nunca habían logrado formar una amistad sólida por más de dos años. No sabían lo que significaba tener una amiga de toda la vida (¿en verdad existía ese término?), y menos conocían lo que era el amor. A sus diecinueve años, ambas dudaban que eso existiera, y menos les importaba. Pues se sentían, y con orgullo, extrañas a su cultura, a su familia, a su país, al mundo en que vivían. Eran, en sus palabras, seres de otro planeta.

Junto con ellas, Ada pasó sus años universitarios hasta que Kami viajó a Estados Unidos para trabajar como niñera y Hikaru se aburrió de ella. La tragedia sucedió en el tiempo en que mantenían un diario compartido en la comunidad LiveJournal. Hikaru, quien tenía más roce social, había escrito una carta a Kami quejándose de Ada, argumentando que se sentía asfixiada. Pero, en vez de mandarla por Serpost, la pasó de mano en mano por todo su salón hasta que el rumor llegó a mí. En ese momento, quise alertar a mi antigua vecina, pero era demasiado tarde. La encontré llorando en la puerta del baño. Después de eso, pensé que la camaradería entre esas chicas había terminado, pero me equivoqué. Ada la había perdonado. Y no pasó mucho tiempo para que Hikaru volviera a despotricar contra ella: esta vez a través de la red social.

Henry era extraño. Cada vez que llegaba a la oficina, parecía cargar sobre sí una gran nube negra. Su mirada era cabizbaja y sus movimientos rígidos. Tenía la costumbre de comer Peziduris de chocolate ya pasadas las cuatro de la tarde, y yo lo miraba con asombro pensando «Y a este, ¿adónde se le va todo eso?». Nadie dudaba de su inteligencia. Desde que llegó, mis compañeros y yo lo felicitábamos por su rapidez y eficiencia para solucionar cualquier problema. Él, por su parte, tomaba con modestia nuestros halagos.

Ada fue la primera que le habló. Eso, en verdad, hasta ahora me sorprende. Tal vez sea esa naturalidad que tenía para expresarse, que sin temor le preguntó:

—Te gusta mucho el chocolate, ¿verdad?

—Sí —respondió él y volteó a mirarla.

—A mí también, pero, claro, lo suelo combinar con fresa o lúcuma. —Y ladeó su carita.

—Si quieres te invito un poco. —Le ofreció.

—A ver…

Fue ella quien lo integró al grupo de Karen y Sonia. Por eso, no tardé en darme cuenta de los devaneos que provocaba Karen en Henry, pues como todo hombre interesado se prestaba muy solícito a hacer favores. Ella, poco a poco, fue dándole confianza, y dejándose acompañar al paradero por él. Incluso hubo veces (no quiero pensar que fue a propósito) en que ella le pidió que le comprara cigarrillos. Fue así como se hicieron amigos. Después vinieron las salidas al cine o las cenas, acompañados de Sonia.

Ambas simpatizaron rápidamente con Henry, sobre todo Sonia, quien era contemporánea suya. Conversaban de música, series de TV, superhéroes y anime. Rápidamente se volvieron un grupo muy unido hasta que una mañana Henry me confesó:

—Me declaré a Karen.

—¿Qué cosa? —dije anonadado.

—Que me le mandé, pero ella me dijo que solo me ve como amigo. ¿Qué hago, Néstor? No quiero estar aquí.

Capítulo 4

La ley del deseo

¿Pero qué tenía en la cabeza? ¿Cómo pude ser tan imbécil? ¿Cómo se me pudo bajar tan rápido el amor? ¿O no lo era? Me aborrecía tener que respondérmelo. Sabía que ya no podía estar en esa relación. La situación se había vuelto insufrible entre Jenny y yo. Ni siquiera habían pasado diez meses, y su presencia se me hacía incómoda. El tener que verla, responder sus llamadas, el mismo hecho de que me llame a mi centro de trabajo me convertía en un animal. No pensé que llegáramos a ese punto. Su soltura se volvió pesada; sus preguntas, absurdas; su manera de hablar, infantil. Empecé a sentirme atado a una soga cada vez que la tenía junto a mí.

Jenny aún no había notado mis señales de aburrimiento. Para ella nuestro noviazgo se desenvolvía de manera normal y ya había planificado que, dentro de poco, nos mudaríamos juntos a su departamento. (¿No les dije que se cambió de barrio por mí?). Yo, en cambio, contaba los días para terminar con ella.

Pero ¿cómo hacerlo? ¿Qué excusa darle? ¿Qué tendría que decirle? Jenny, tenemos que hablar… y la citaría en un café y le diría «Lo siento, esto no va más. Entiéndeme. No eres tú, soy yo». (Sí que lo soy). Ella respondería «Pero, Néstor, ¿por qué me dices esto? ¿Qué he hecho mal?». (Yo y mi maldito ego). La miraría suplicante y bajaría la cabeza. Pero no pude decirle nada a la cara.

Se lo escribí por *mail*.

From: shinichi115@gmail.com
To: jennylovelygirl@hotmail.com
Subject: lo siento
Date: Sat, 26 Aug 2006 21:20:05 +0000

Jenny:
Ya no podemos vernos. Por favor, perdóname. No vuelvas
a llamarme.
Te deseo lo mejor.
Néstor

Jenny no entendió el recado. Empezó a bombardearme con
mensajes cargados de preguntas. Llamaba a mi casa cada
media hora. Les pedí a mis padres su comprensión (les dije
que estaba loca); y, por eso, ellos le mintieron diciéndole que
me había ido de viaje. No se satisfizo y me buscó en el trabajo. Sonia empezó a mirarme mal. Karen empezó a mirarme
mal. Mis compañeros me empezaron a respetar. Yo no sabía
dónde meter la cabeza. Tuve que escabullirme mientras mis
colegas hacían la finta de que salían en mancha, y yo (con
una gorra prestada) pasé frente a sus ojos y hui del lugar. Es
decir, pedí vacaciones.

Ya en ese tiempo, papá había abierto un consultorio de
terapia física y, rápidamente, nos habíamos hecho de dinero.
Cómo agradecí haber nacido hijo único. Me acerqué a mi
padre, le conté mi problema. Él me miró comprensivo y
sacó su chequera. Nunca me sentí tan compenetrado con él.

—Gracias, papá. Te quiero. —Y besé a mi viejo por primera vez en la mejilla. Él balbuceó algo que no tiene sentido
recordar y así pude viajar a New York. Sí, a visitar tiendas
de cómics.

Capítulo 5

El amor después del amor

Durante los tres años que transcurrió su relación, la presencia de Celia en la vida de mi amigo se hizo cada vez más borrosa. Al principio, ella estaba pendiente de su vida las 24 horas del día. Lo llamaba a cada rato, lo atosigaba de atenciones, se desvivía por él. Pero, en ese tiempo, era una simple bachiller de Zootecnia que hacía sus prácticas en el Parque de Las Leyendas. Qué tiempos aquellos.

A diferencia de Rolando, Celia pertenecía a una familia de clase media alta, cuyo padre no escatimaba esfuerzos por darle a su hija la mejor educación. Por ello, con frecuencia se la veía visitando cualquier evento académico o curso que encontrara en Latinoamérica (la ventaja de ser rico). Rolando no tenía problema en esto. Todo lo contrario; respondía orondo (como si él fuera quien se estuviera paseando) cuando le preguntaban por la ausencia de su novia.

—Está en un curso en Uruguay, ja ja ja… —dijo una vez en la oficina de la revista, y todos nos quedamos mirándolo, algunos con envidia, otros con indiferencia. Hasta que se volvió algo habitual y rasgo de la verdadera personalidad de Rolando, que iba sacando, como nos sucede en ciertos momentos, de a pocos.

Sin quererlo, aquellos seminarios resultaban fructíferos para su relación, ya que revivían la pasión entre ambos.

—¡No lo vas a creer! Ayer que regresó de Argentina, Celia hizo algo que me volvió loco. —Me confió un día.

—¿Qué cosa? —pregunté curioso.

—Pucha… Bueno, estábamos en mi casa, ya sabes haciendo qué… cuando de pronto, ella se pasó la mano por la lengua y, así, la deslizó sobre la punta… —confesó.

—¡Wow…! —dije sorprendido.

—Seee… me encantó.

—¿Pero cómo aprendió a hacerlo? —Algunas veces me olvidaba de la diplomacia.

—Sí, ¿no? ¡Yo también le pregunté! Pero ella me dijo que una amiga le había enseñado. —Y se rio el pelotudo.

Ciertamente, Rolando era un tipo que le caía bien a todo el mundo. Nunca encontré una persona que tuviera problema con mi amigo. Y eso parecía un buen síntoma para mí. Es verdad que, en algunas ocasiones, uno que otro se sintió ofendido con su brutal sinceridad, pero allí estaba yo para traducir lo que había dicho y evitar posteriores malentendidos.

Su cuarto era testimonio de ese carisma innato, pues guardaba todos los presentes que sus camaradas le brindaban. Vasos, muñecos de *Star Trek*, mangas, hasta dos reproductores de DVD que un chico de su grupo de anime ganó en una subasta (y que dejó para el uso de Rolando, pues le daba pena pedírselos). No pocas veces me puse a pensar si algo de eso le pertenecía.

Conservaba en ese tiempo su cama de niño, la que en algunas ocasiones observaba incrédulo alucinando las maniobras de las que se valían mi amigo y la gorda de su novia para yacer en él. ¿O tal vez lo hacían en el piso? En los años que duró su relación, nunca encontré su habitación ordenada.

Recuerdo que una vez abrió la puerta de su clóset y observé, incrédulo, sus camisas, todas arrugadas. Me volví hacia él y le inquirí su desorden. Él solo se defendió diciendo:

—Es que mis hermanos siempre se llevan la plancha.

Lejos de incomodarle, a Celia parecía gustarle el estilo de vida de Rolando. Ella era una gran aficionada al anime y al *fan fiction*. Poseía un blog en la comunidad Geocities, donde posteaba historias alternativas al universo de Caballeros del Zodiaco. ¿Les conté su afición por los musculosos? Bueno, ya se estarán haciendo una idea.

Como podrás notar, ambos compartían un gran interés por el dibujo. Solamente que para Rolando significaba su sustento. De su arte dependía su profesión; así lo entendió el día en que le robaron cuando iba a recogerla de un lugar donde hacía sus prácticas. A pesar de su aspecto, quedó petrificado ante una banda de delincuentes, quienes lo redujeron fácilmente. Luego de eso, y por su indolente costumbre de dejar que las cosas pasaran, le apareció una tendinitis en la mano derecha, que le fue afectando su habilidad.

Celia y Rolando acostumbraban pasear por los stands del Centro Comercial Arenales los sábados, en busca de videos de anime para completar su colección. Era normal verlos en una tienda debatiendo con el vendedor sobre algún modelo de escala o una nueva serie de cómics. Algunos domingos empezó a llevarla a sus reuniones con *otakus*, donde, muy a pesar suyo, no fue digerida con facilidad por los demás miembros del grupo.

Se decía que Celia lo dominaba a él y era quien, verdaderamente, llevaba las riendas de la relación. En realidad, no era difícil creerlo. Un amigo que los acompañó al cine un día escuchó cómo lo maltrató delante de todos, pues él no se paraba de su butaca para irse con ella, que tenía dolores de estómago. Otros me confiaron que dejaron de asistir a su cumpleaños para no cruzársela.

Pese a todo lo anterior, a Rolando se le notaba enamorado (y debía de estarlo para aguantar una situación como esa). Sin embargo, y contra todo pronóstico, su relación empezó a desmejorar.

Todo empezó con la financiación que obtuvo Celia para seguir sus estudios de posgrado en la Universidad de Huesca. Rolando no lo vio venir, pero, por un lado, las ambiciones de esa chica eran tan grandes que era predecible que en algún momento decidiera emigrar. Sin embargo, no fue solo eso lo que desgastó el amor entre ambos.

A la semana, y como parte de los preparativos de su viaje, Celia se inscribió en un gimnasio, donde emprendió una estricta rutina de ejercicios, acompañada de la dieta que jamás probó en su vida. Luego de seis meses, y para desconcierto mío y de mis compañeros de trabajo, nos presentó su nueva figura.

Rolando no pudo adivinar que eso sería el primer indicador de ruptura. Tan básico como era, creyó que su novia quería halagarlo, y no desconfió ni siquiera cuando ella le disparaba esta frase: «Ay amor, nos vamos a separar cuatro años… ¿Qué pasará con nuestra relación?». Ni menos cuando le empezó a contar que había entablado amistad con varios chicos del gimnasio, que la habían agregado a su Messenger, y que uno de ellos se le había declarado, y que otro (el más guapo y musculoso) le había dicho que también iría a España. No fue hasta que, a solo un mes de su viaje, Celia se negó a tener relaciones con él, que empezó a hacerse ideas, carcomerse el cerebro, llamarla a cada hora, preocuparse por la relación (que nunca dominó), morirse de celos.

Desafortunadamente, ya en ese momento era demasiado tarde.

Capítulo 6

El arte de llevarse bien con los demás

Solo dos meses me bastaron para conocer a mi antigua vecina. Ada, al ingresar a la revista, tenía 22 años y cursaba, si no me equivoco, el último año en la universidad. El apuro por llegar a tiempo a clases y cumplir con sus horas en la oficina, que quedaba en San Borja, era un reto en el que se sumía cinco veces a la semana. Esto posiblemente la volvió una especie de autómata.

Compartía labores con dos jóvenes editores, egresados de la carrera de Comunicación, quienes se ufanaban a menudo de sus conocimientos de cine y literatura, y menospreciaban géneros populares como el cómic o manga. Reconozco que, al principio, tuve dificultad para tolerar a ese par de huevones, pero poco a poco logré disimular mi antipatía hacia ellos. Además, ¿de qué se creían? ¿A quiénes les habían ganado?

George y Genaro, como se llamaban estos giles, solían menoscabar los esfuerzos de Ada, y a menudo la ignoraban y no la tomaban en cuenta para ninguna de las decisiones de la revista. Ada, como era usual en ella, buscaba congraciarse inútilmente. Sin embargo, hasta un *freelance* cobraba más importancia, y se convertía rápidamente en parte del equipo.

A veces al mirarla me preguntaba ¿por qué insistir en entablar una amistad con alguien que no quiere ser tu amigo? O también, ¿qué busca una persona en uno? ¿A qué le repele? ¿Ser condescendiente es, acaso, una traba? Los hombres, la mayoría de veces, actuamos según nuestras conveniencias y, con el pasar de los años, dejamos atrás las acciones impulsivas. Economizamos hasta las palabras que salen de nuestra boca, pues, de alguna manera, una de ellas puede cambiar nuestro destino, terminar una relación, impedir un ascenso o romper una amistad. Es entonces cuando la madurez que esperan nuestros padres se convierte en la máscara que mostramos al mundo, para esconder nuestros sentimientos y establecer alianzas.

Desde este punto de vista, la naturalidad con la que actuaba Ada no podía ser bien recibida. Y no era de extrañar que esa fuera la razón para que, hasta sus amigas, se terminaran aburriendo de ella.

Es graciosa la manera con la que puedes hacer atractiva tu conversación. Tan solo tienes que manejar algunos nombres (Godard, Lynch, Kurosawa) o títulos de libros o películas, para ser reconocido como una persona un tanto cultivada. Nosotros, lectores de cómics y manga del mundo (¡no lo olvides!) también tenemos que agradecer la presencia de figuras como Christopher Nolan o Hayao Miyasaki, o la utilización recurrente de la historieta como estrategia publicitaria donde la haya, para que seamos tratados de forma diferente.

Si para el resto de jóvenes, en mi caso muchachas, no somos más que un grupo de taraditos que se aferran a viejos hábitos, renunciando a costumbres de personas de su edad (en este momento, 30), es decir, salidas a discotecas, una vida sexualmente activa y responsable, una que otra relación, sexo, éxito profesional, sexo, viajes y sexo, matrimonio, hijos y sexo. (En verdad, todo se resume a eso). Es que es cierto, prueba una tarde en el cine o en una librería, en época en que se estrene alguno de esos *blockbusters* basados en un héroe de la Marvel o DZ Comics, y verás lo interesante que parecerás, cuántas chicas se acercarán a ti, un tanto curiosas, para interrogarte sobre la vida de Thor o Capitán América, y tú, orondo, tratarás de complacerlas y contestar sus dudas.

Era cierto. Después de haber estado con Jenny había perdido el miedo a las mujeres, y ya no se me escarapelaba el cuerpo, y podía controlarme ante su proximidad. Qué bueno era tener una enamorada. Recordaba en esos momentos cuando tenía trece y me cruzaba con Selena en la bodega. ¡Pero qué astuta era esa muchacha! Bien sabía que la observaba desde una cuadra, y no volteaba, la muy maldita, ni se compadecía de mi enfebrecido corazón, que la seguía preso de un hechizo.

Al llegar al lugar, le clavaba la mirada en su torneado cuerpo mientras ella, con la insensibilidad que la caracterizaba, proseguía con sus compras matutinas.

Era cierto. El haber estado con una mujer me había vuelto más seguro frente al sexo femenino. Ya no me aparecían esos tics cuando intercambiaba palabras con alguna fémina ni palidecía ante el roce casual (escúchenlo bien, no provocado) de alguna en el bus. Jenny había saciado mi deseo, calmado mis miedos, pero yo no pude darle nada a cambio. Recordé, entonces, una vez que encontré un libro sobre sexualidad masculina en el escritorio de mi madre. Ella, como tantas mujeres, intentaba entender a su hombre, para así poder fundirse con él y llevar una relación estable. En aquel texto, encontré una verdad que ahora me permito parafrasear: «El hombre escoge a la mujer como amante o compañera. Si vence ese primer instinto animal, que tiene cuando está frente a una que le parece atractiva, puede lograr lo último. Si no, la mujer será siempre vista como objeto».

Esas palabras volvían a mi memoria como respuestas a aquella culpa que me consumía, aunque a veces las trataba como excusas. ¿Es que nunca estuve enamorado de Jenny? ¿Qué fue lo que me acercó a ella? ¿Fue a causa de lo rápido de nuestra relación que todo empezó a desmoronarse? ¿Y qué fue de ella? ¿No se dio cuenta de eso? ¿Esto no pasa con las mujeres?

Mientras estuve en New York, recibí unos cinco correos más de Jenny, hasta que, para bien de ambos, dejó de escribir. En esos días, también, mi bandeja de entrada disminuyó.

Capítulo 7

Noviembre engendró a un monstruo

La tarde en que regresé a Lima, me dispuse a contestar los correos que preferí procrastinar, por flojera y falta de interés en los asuntos de otros. Aunque en su mayoría eran los estados de cuentas del banco y los pocos mensajes que aún quedaban de Jenny, estaba también el correo de Rolando, que me comunicaba que había terminado su relación con Celia. ¿Dónde estaba, acaso, aquel amigo cuando lo necesité? Que espere y no joda, decía.

Ciertamente, ya habían transcurrido dos meses desde aquel mensaje; por ello, imaginaba que debía haber superado la ruptura con esa cataplasma. Empero, para despejar mis dudas, lo llamé por teléfono.

—Aló, Rolando. Soy Néstor. *Sorry*, recién leo tu *mail*. —Mentía otra vez—. ¿Cómo estás?

—Hola, Néstor. Maso…

—¿Por qué no vienes a mi casa? Te he traído un número de *Spider-Man*.

—¿De veras? ¡Te pasaste! ¡Ya, te veo a las cuatro! —Y con esto, me deshice del sentimiento de culpa y recibí a Rolando.

Llegó puntual y entró como un niño a mi habitación, esperando el momento en que recibiera el regalo prometido. Como ya lo conocía, me ahorré los preámbulos y le entregué aquel ejemplar de cómic.

—¡Asu, qué bacán! ¡Gracias! —Y empezó a revisarlo.

—¿Y cómo has estado? —dije. Ya que no has tenido el tino de preguntármelo—. Cuéntame, ¿qué pasó con Celia? ¿Terminaron?

—Ay, esa perra… —Y Rolando asumió una posición reflexiva, muy extraña para su persona. Y, por primera vez, lo vi llorar—. Se ha ido a España, me ha dejado.

—Calma, calma… —Fue lo único que salió de mis labios. Para ser sincero, me enervaba ver a llorar a un hombre. No tenía madera de psicólogo, aunque, meses atrás, Henry me confió sus problemas. En fin—. Pero ¿acaso no me dijiste que viajaría a hacer su maestría?

—Sí, pero no me entiendes… Se ha ido, ha terminado conmigo. No vamos a volver a estar juntos.

—¡Demonios! —Pero algo en mí se alegró—. ¿Cómo pasó?

—No lo sé, estábamos tan bien hasta que decidió inscribirse en el gimnasio. Ahí conoció otros patas. Debí acompañarla cuando me lo ofreció… No sé por qué no me di cuenta.

—¿Cuenta de qué?

—De que nos estábamos alejando. Luego, cuando empecé a prestar atención a aquellos detalles, se volvió indiferente. Ya no quería acostarse conmigo. Comencé a pensar que había encontrado alguien más y me carcomí por dentro. La llamaba todos los días, le dejaba el recado en su casa si no me contestaba el celular. ¡Hasta le propuse quedarnos un sábado en mi cuarto los dos solos! Pero no se apareció, y cuando la llamé escuché música. Estaba entrenando, dijo, porque se sentía gorda. Pues, quédate gorda, maldita *bitch*… —Se sobresaltó—. Yo siempre la traté bien. Como era enfermiza, llevaba anotado el nombre de sus pastillas por cualquier eventualidad. Saludaba a sus padres en sus cumpleaños. Asistía a las reuniones de sus familiares, aunque no me gustaran. No le negaba nada. Pero Celia ya no veía un futuro a mi lado. Me preguntaba a veces «¿Y, Rolando, si me voy a España, qué será de nosotros?». Mas cuando le decía «¿Todavía me quieres?», se ponía a llorar. Era lo único que sabía: llorar, hacerse la víctima.

—Lo siento mucho. —Y me acerqué a él para darle un abrazo.

—Después que se fue —continuó unos minutos más tarde—, pasé las dos semanas más largas de mi vida. No quería trabajar, ni bañarme ni comer. Mi mamá se preocupó mucho y en la oficina llamaron varias veces. Hasta que los atendí y me disculpé por las faltas, y me enviaron con Ada algunos archivos para avanzar la revista en casa.

—¿Con Ada?

—Sí, ella fue muy linda conmigo. Vino a traerme el trabajo, y hacerme compañía ese mes que estuve ausente. Hasta empezó a prepararme postres.

—¡Wow, eso sí me sorprende! —dije atónito—. No me lo esperaba de ella. Es que se ve tan tímida.

—Bueno, es tímida, pero poco a poco comenzó a tener confianza conmigo —afirmó Rolando—. Nos hicimos buenos amigos. Le conté todo lo mío con Celia y ella me ofreció su apoyo. Le dolía verme sufrir por una mala mujer. Se compadecía de mí y trataba de animarme. Solo que ahora no sé qué hacer con ella.

Capítulo 8

El pensamiento de Narciso

Tres semanas después de aquella declaración, Henry Cabezas se sintió sumergido en una sempiterna congoja y, al ser novato en estos azares del destino, no pudo disimular indiferencia ante la presencia de Karen. Era tan penoso verlo por aquel minidepartamento donde funcionaba la revista, pues parecía que lo acompañaba en cada paso un fondo musical con el tema *Creep* de Radiohead. Para ella también la situación era sumamente incómoda y hasta llegó a comentar lo traicionada que se sentía en la confianza que había depositado. ¿Es que un hombre y una mujer no pueden ser amigos?, decía.

Pero bueno, démosle el beneficio de la duda. Ella tenía, en ese entonces, veinte años, y es probable que sus expectativas estuvieran dirigidas a otro tipo de chico. Además, según me contó Sonia, andaba clavada por un estudiante de arte, con el que no había logrado más que unas cuantas pláticas en el café de su universidad.

Y ya sabemos cómo se enteran las mujeres.

—Vamos, Henry, hay chicas mejores —le decía.

—Es que la amo. Es con ella con quien quiero estar.

—Olvídala, hermano, ella no es para ti.

—¿Pero qué puedo hacer con esto que siento? —Y seguía con su letanía. Incluso, llegó a dárselas de poeta y compuso unos versos que tituló «Cicatrices».

Afortunadamente, Henry contaba con Ada, quien desde el primer instante se mostró solícita en atender a su desvalido amigo. Recuerdo que ella lo llevó por primera vez de compras y lo orientó en lo que sería su gran transformación.

Fue a través de sus consejos que Henry desechó aquellas camisas a cuadros por unas elegantes prendas de algodón decoradas sutilmente con finas rayas. Aprendió a escoger perfumes tono madera, que proyectaron una imagen varonil y profesional en él. No volvió a vestirse sin decoro.

Sin embargo, por mucho que intenten animarnos, las heridas del alma son difíciles de curar. Ante esto, son inútiles los cambios de estilo y las palabras bienintencionadas. Se necesita algo que venga a favor de nuestro alicaído ego y disipe las dudas que pasan por nuestra mente al momento que caemos.

Nuestra primera relación con una persona del sexo opuesto es decisiva en la formación de nuestro autoconcepto y el fortalecimiento de nuestra autoestima. Si nos va bien, caminaremos con pasos certeros en el trato con nuestras siguientes parejas. Si esta fracasa, puede esto herirnos sobremanera, que, de acuerdo con nuestra madurez emocional, estaremos propensos a cargar taras y posteriores traumas en la vida adulta.

En los primeros meses de su relación con Celia, Rolando empezó a preocuparse por aspectos de su persona que antes miraba con desdén. Meses atrás, no le hubiera importado vestir de manera descuidada, pero ahora se demoraba más de una hora en escoger su atuendo y arreglarse el cabello. Si antes la aparición de un grano no le inmutaba, actualmente la presencia de una pequeña grasitud en su rostro podía descolocarlo por varios días.

Estar en una relación le había conferido cierto entendimiento en materia de parejas. Por eso, solía ufanarse y tomar aires de experto:

—Las mujeres prefieren a los hombres seguros, Henry. Eso es lo que te falta a ti. —Y yo lo miraba boquiabierto pensando «¿Y qué le pasó a este huevón? ¿De cuándo acá es *coaching* de relaciones? ¿Acaso no tiene memoria?».

Y no la tenía. Celia había marcado un antes y después, desvaneciendo aquellos dolorosos recuerdos de adolescencia.

—¿Y cómo puedo serlo? He sido un imbécil, jamás volveré a hablarle. —Se autocastigaba Henry.

—¡Tranquilo! —replicaba el nuevo gurú—. Lo que tú necesitas es salir y conocer otras flacas. Tener sexo te ayudará. ¡Oh sí!

—¿Tener sexo? —Y mi amigo se encogía avergonzado.

—¿Por qué no visitas un *night club*?

—¿Qué dices, Rolando? ¿Y si lo asaltan, y si le roban? —intervine contrariado. Henry había estado treinta años bajo un caparazón y, de repente, venía un huevón con sus ideas hedonistas.

—¡Baahhh! ¡No pasa nada!

—¿Tú crees…? —Y Henry pareció despertar de su letargo.

—¡Pues claro! ¡Vamos, con fe! —Y cual padre le dio unas cuantas palmadas en el hombro.

Capítulo 9

El despertar del sexo

Procura no salir con hombres que no hayan tenido una novia antes de los 20 años. ¿Y es que acaso creías que esperar nos volvería más prudentes? Te equivocas. Es verdad que la puerilidad de algún mozalbete puede haberte ocasionado un mal momento. Pero la falta de experiencia es siempre contraproducente. ¿Te imaginabas acaso conseguir un Leonard Hofstadter, un muchacho que te comprendiera, escuchara y estuviera pendiente de ti? No te engañes.

Para los *freaks* esta descompensación de etapas que llevamos como mochilas de piedra bajo los hombros, y que es puesta en jaque cada vez que tenemos en frente a un par más preparado en este aspecto de la vida, podría constituir una ventaja para ganar la confianza de alguna fémina dadivosa y poco desconfiada, quien nos miraría con ternura y conmiseración. Pues, ¿quién no se derrite ante un cachorrito?

Empero, ese vago conocimiento de las relaciones interpersonales con personas del género opuesto juega en contra tuya al momento de involucrarte con uno de nosotros. ¿Cómo crees que podríamos estar a la altura de tus expectativas si no tenemos mayor noción que la poca que captamos en casa y aprendimos de los cómics?

¿Pensaste que seríamos diferentes? Qué ilusa eres.

Esa tarde del verano del 94 lo cambió todo. Si bien recuerdo, salí a comprar unas bebidas y la encontré. Luminosa y seductora, Selena parecía esperarme detrás de los escaparates. Llevaba puesto un pequeño short denim y un polo manga cero de color blanco. Casi en el acto me detuve a observarla disfrutando de una Coca-Cola, lejos de las miradas del mundo.

Al notar que la dueña del negocio volteó a verme, me dirigí hacia ella diciendo:

—¡Melones, quiero melones!

—No tenemos, joven. No vendemos fruta. —Y me sonrió de manera cómplice.

—Ah… Entonces, agua, agua muy helada. Una botella muy grande.

—¿De un litro o de tres? —me preguntó irónica.

—¡De tres! ¡De tres estará bien! ¡Dos botellas, por favor!

—Por supuesto.

—Qué calor, ¿no? —interrumpió Selena, quien se acercó al mostrador a dejar la botella. Giró para sonreírme, lo que causó mi estupefacción—. Gracias, señora.

—Gracias, Selenita —le respondió la vendedora.

«Chau» pareció decir mientras se retiraba casi flotando aquella ninfa. Me sentí bendecido por la gracia de ese momento. Pocas habían sido, en realidad, las veces en que nos habíamos encontrado, y tuve la oportunidad de gozar de su frescura y magia envolvente. Parecía hecha de un polvo dorado, que cayó del cielo y humedeció el lecho en el que sus padres la concibieron, tan celestial y eterna ella. A su lado, mujeres guapas eran relegadas en el acto. Es que su presencia hacía olvidar hasta la tarea más pesada.

De pronto, escuché venir corriendo a un grupo de vecinos, jóvenes como yo, de cuyos sueños era también protagonista. Eran más de cinco y portaban baldes con agua, betún y talco.

—¡Eeehhh! —gritaron al unísono. La bulla me obligó a aguaitar lo que pasaba desde la puerta. Selena andaba distraída hasta ese instante, cuando oyó el sonido del agua contra la vereda. Volteó hacia atrás y asustada empezó a correr.

Ellos fueron más rápidos y la rodearon contra la pared.

—¡Qué rico, Selenita! —dijo uno de ellos lamiéndose los labios—. ¡Hoy no te escapas!

—¡Mójenme si quieren, pero no me toquen! —respondió armándose de valor.

Los hombres soltaron una risotada y se acercaron más a ella. La empaparon de pies a cabeza y, por si fuera poco, la manosearon cuánto quisieron. Selena intentó golpearlos, morderlos, correr, pero ellos eran más fuertes y, en esa época, estaban respaldados por las concesiones que se hacían en tiempo de carnavales.

Inútiles fueron sus gritos, sus lamentos, sus quejidos. Lo único que lograron fue despertar a una sarta de curiosos que empezó a asomar sus caras por las ventanas y puertas aledañas para presenciar la profanación de una diosa. Yo también estuve ahí, atónito, un poco tembleque observando cómo ni bien se libraba de uno, venía hacia ella otro como un coyote.

Fueron cinco minutos de terror. Cinco minutos interminablemente largos en la vida de esta muchacha. Al terminar, tal como aparecieron se fueron, dejándola en plena acera conteniendo su ira.

—Esta chica es una fácil —dijo una vecina.

—No se hace respetar —agregó otra.

Esa imagen se repitió en mis sueños por varios días. Al final, siempre era el resultado. Su cuerpo humedecido, sus pezones surgiendo entre aquel mar de perros hambrientos. Ahí también estaba yo botando espuma. Pero algo impedía que llegara a ella. Una invisible barrera nos separaba. Grande era mi frustración, que aullaba como un loco. La situación nunca cambiaba.

Dos semanas después la encontré besándose con uno de esos hombres. Fue entonces que entendí un poco la psicología femenina.

Capítulo 10

Las marcas de una ex

Rolando solía evitar a las parejas de enamorados dándose ósculos en los parques, pues veía en ellos el espejo de su desgracia. Ya en casa, refugiado en ese cubículo de fantasía, podía escapar siquiera un rato, y olvidar esa insufrible realidad a la que estaba condenado. Desde niño, las frases de desprecio de su padre y hermano fueron habituales en su día a día, aunque nunca comprendía el motivo de sus improperios ni la ofuscación que provocaba su sola presencia.

Ante esto, ¿cómo evitar caer rendido ante las desmedidas atenciones y lisonjas de Celia? Ella irrumpió un día gris y lo coloreó de rosa. Le enseñó lo que era tener una ilusión. Le mostró el amor.

Aquel desasosiego en los meses de febrero había desaparecido. Ya tenía a quien dedicar sus noches y mañanas. Y esperar entre la multitud cuando no venía. Y sentir sus pasos y comprobar que ese revoloteo en su estómago no era producto de una indigestión. Y conocer el sabor de un beso, la suavidad de una caricia, el estremecimiento de su cuerpo contra el suyo. Y la entrega de sus pensamientos, esos que había escondido por años, a una sola persona.

No fueron pocos los amigos que le advirtieron de la conducta de esa chica y trataron de disuadirlo para que no se dejara manipular. Pero todo fue inútil. Al poco tiempo, Celia ya lo tenía bajo control y dominaba cada uno de sus actos. Vamos a tal sitio. Recógeme de tal lugar. Necesito que me saques unas fotocopias, ¡apúrate! ¡Cómprame unos animes! ¡Invítame a cenar! ¡Tengo hambre, salgamos! ¡Te dije que salgamos!

No obstante, Celia se mostraba igualmente seductora con la mayoría de hombres que conocía. Se decía que era así con algunos profesores de la universidad y con otros dibujantes de cómics a los que deseaba agradar. En fin, era joven y soltera. Y volátil en sus intereses. Pero tenía en Rolando su bote salvavidas por si su barco se fuera a la deriva.

Empero, la maestría, aquella maestría en España había cambiado los planes de ambos. Sí, Europa no era un lugar para alguien tan básico como Rolando. Debía de quedarse en Perú. ¿Pero cómo dejarlo? Él tal vez haría lo imposible por seguirla. ¡Y qué voy a hacer con este deslenguado! ¿Con qué lo voy a mantener? Si con lo que me da papá solo alcanza para mí. En ese momento, se había vuelto un bulto del que tenía que zafarse. Pero cómo.

Al entrar al gimnasio y emprender una rigurosa rutina de ejercicios, empezó a alcanzar rápidamente sus objetivos y fue felicitada por su *trainer* y compañeros, a quienes encantó con su desenfadada personalidad. Ellos no tardaron en cortejarla e invitarla a cuanta reunión hubiera, a las cuales, haciéndose la difícil, rehusaba en un primer momento. Mas luego, asegurándose de tener ocupado a su enamorado, accedía gustosa.

De esta manera, ya no solo la diferencia cultural era una barrera entre Celia y Rolando. También estaba lo social. Rolando ni siquiera podía probar un poco de licor sin hacer la horrenda mueca de un niño tomando jarabe de hierro. ¡Qué fuera de lugar estaba para su edad! Estar cerca de tantos chicos que sí disfrutaban los placeres de la vida la llenaba de gozo. Y eso era lo que necesitaba. ¡Total, estaba por irse!

¿Pero cómo deshacerse de Rolando?

Dejarlo como la víctima, ¡jamás! ¡Terminaría siendo la *bitch*! Algo tenía que ocurrírsele. Lo mejor era enfriar la relación hasta que él sea quien (¡por fin, Rolando, diste en el clavo!) acabara con todo. Y así poder viajar tranquila. Unas lágrimas por allí, porque siempre es necesario dejar en claro que, en el fondo, fuiste importante. Alguna escena ante sus amigos para que entiendan cuánto te duele este alejamiento.

Y así sucedieron las cosas. Él llegó una mañana a su casa a devolverle sus pertenencias (que nunca pensó pedirlas) y empezó su perorata. Ella, más viva, lo interrumpió diciendo «Sí, ya no es como antes». Y frito, pescadito. Hasta la vista, *baby*.

Capítulo 11

La mujer sin memoria

¿Qué harás cuando te encuentres sola y nadie esté esperando a tu lado? Ven y dímelo, Celia. Dime, ¿quién te contestará el teléfono a las tres de la mañana y saldrá a recogerte de tus borracheras? ¿Quién hará de perro guardián mientras te entregas a la euforia y estridencia de una desordenada vida? ¿Acaso no has visto cómo son las fiestas europeas? ¿Que no te enseñé lo que hacían en esas cintas de *Strippers*? ¿Eso es lo que quieres para ti? ¡Sé sincera conmigo, maldita perra! ¿Acaso ya no te importo?

¿Nada te valieron esos tres años en que estuve a tu lado, entregándote cada momento de mi vida? Defendiéndote de quienes osaran criticarte y llamarme «pisado». ¿Acaso no reconoces mi esfuerzo? ¡Y todo lo que pasamos! Juntos en la intimidad, develándote cada uno de mis miedos, alegrías, frustraciones, mis recuerdos más profundos. Solo a ti. Porque eras importante. ¿Que ya nada de eso sirve?

¿Qué me dices de las largas esperas durante tus viajes académicos? Mira, qué fueron extenuantes, tanto física como emocionalmente. Pero en ningún instante pensé en engañarte o en buscar —a pesar de que recibí propuestas— alguna que colmara esos días de ansiedad tras tu partida. ¿No lo crees? ¡Ni se me pasó por la cabeza! Permanecía en el mismo sitio donde me dejaste, contando las horas para volverte a ver. ¡Qué horrible era mi vida!

Y cuando te peleabas con tus amigas, ¿a quién recurrías para consolarte? Y cuando te gritaba tu jefe, ¿quién dejaba su trabajo para escucharte? Y cuando te dolía la barriga, ¿quién te atendía?

¿Por qué me acusabas constantemente de misio, mediocre, sin aspiraciones, si bien sabías cómo era cuando me conociste? ¿Que no eras feliz con lo que ganaba? ¡Pero si tú ya recibías un sueldo! ¡Podíamos compartir! ¿Y por qué no aceptabas a mis amigos si yo toleraba a los tuyos? ¡Y asistía a tus compromisos!

¿Por qué después de tantos esfuerzos me dejas así? ¡Dame una explicación! La necesito. Te necesito.

Las mujeres son como una droga, una vez que las has probado no puedes dejar de sucumbir a sus efectos. Rolando precisaba hallar alguna que pudiera paliar su incertidumbre, su desasosiego, el inquebrantable recuerdo de Celia.

En eso entró en escena Ada, quien fungía como la buena compañera de trabajo, que traía los avances diarios de la revista. ¿Que no existía la Internet? ¿No conocía esta muchacha los peligros de estar frente a un hombre vulnerable? ¿Acaso en casa no le hablaron del cuidado de su cuerpo? Como sea, las visitas entre nuestra correctora y mi amigo se hicieron frecuentes y se produjo entre ellos una inexplicable empatía. Esa chispa que, para los entendidos, es suficiente para dar rienda suelta a la pasión.

¿Pero estamos hablando de Ada?

—No sé qué pasó. Una tarde vino con parte del trabajo y trajo un pie de limón horneado por ella misma. No sé cómo supo que me encanta el dulce. Y no pude más —me confió Rolando. Y yo atónito lo escuchaba—. Ese día mientras probábamos aquel manjar fui desvistiéndola con la mirada, y me di cuenta de que fea no era. Ella también empezó a ponerse muy nerviosa, pero en ningún momento se movió de mi cuarto. Fue entonces que me acerqué sin estupor y la besé.

—¿Qué?

—La besé, la besé. Ella dejó caer el plato y palideció. Entonces, la abracé y le dije «Ojalá te hubiera conocido antes. Eres la novia perfecta».

—¿Y qué hizo ella?

—Se paró y se fue.

—Ufff. Rolando, eres mi amigo, pero Ada es una muchacha ingenua. Creo que se te pasó la mano. Ella es una chica modosita. Tú no la conoces.

—¿Modosita? —Y oí en su voz sarcasmo—. Regresó cinco días después. Con los papeles, pero algo inquieta. Después de unos minutos conversando, pasó.

—¡Detente, no quiero escuchar más! —Supliqué—. Ada fue mi vecina en Los Olivos. Nos conocemos desde niños.

—Oh, no lo sabía. ¿Te gustaba?

—No. ¿Ahora son enamorados?

—¿Enamorados? ¡No, qué va! ¿No te dije que no sabía qué hacer con ella?

Capítulo 12

En la ciudad del horror

A la mañana siguiente, me dirigí apresurado a la oficina para encontrarme con Ada. Necesitaba estar con ella. Entender qué le había pasado. Conocer sus expectativas. Pero al llegar al trabajo, de inmediato, recibí una llamada del jefe.

—¡Qué tal, Néstor! Pasa —me dijo al verme en la puerta de su oficina—. Todo ha sido un caos sin ti. ¡Pensé que estarías fuera solo quince días!

—Gracias, Ignacio —le contesté halagado. Sobre todo, porque sentía verdaderas sus palabras—. Es que New York es colosal. Te traje un presente. —Y le extendí mi obsequio.

—¡No te hubieras molestado! ¡Mira, *Spider-Man*! ¡Me encanta! —acotó al descubrir los cómics que tenía para él—. Pero bueno, volvamos a lo nuestro. He conseguido auspiciadores para la revista.

—¡Paja, qué mostro!

—Sí, ¿no? Van a salir nuevas series por señal abierta, y quieren que les hagamos unas notas. Ellos conocen nuestro público objetivo y nos están ofreciendo buena plata por la publicidad.

—¡Genial! Solo dime de qué se trata para reunirme con el grupo de editores.

—¡Ah, esos vagos! ¡Están incontrolables! ¡Creo que tendré que bloquearles algunas páginas! Se han vuelto adictos a *Age of Empires* —me contó, aunque sabía muy bien que él también le estaba dando al vicio.

—Hable con Henry, seguro sabrá una forma.

—Henry… no sé qué le ha pasado. De pronto dio una transformación. ¿Tú sabes qué mosca le ha picado?

—No me he comunicado con él. ¿Pero es un cambio para bien?

—No lo sé… Noto algo falso en él. Ni modo, es su vida.

—¿Falso? Uhmm, bueno. ¿Ya no está detrás de Karen?

—Karen pidió vacaciones por la universidad. —Y miró al techo—. Bueno, nadie la extraña. ¡Ah! ¿Y tu amigo Rolando, ya le pasó la depre?

—¿Rolando? Bueno, trata de sobreponerse.

—¡Pero que no sea tan mariquita y regrese a trabajar!

—¡Sí, claro! Se lo comunicaré.

Con la agenda más que ocupada, me dispuse a coordinar con Genaro y George sobre los temas para el número de ese mes. Fue una reunión algo aburrida, debido a su falta de entusiasmo. Pero no me amilané.

—Chicos, no todos los meses puede salir lo que queramos —dije tratando de convencerlos.

—¿Pero sobre eso? Ese tema ya es muy manido —contestó Genaro.

—¡Nosotros le daremos la vuelta de tuerca! ¡Ya se nos ocurrirá algo genial! —Y así me pasé la otra mitad del día. Hasta que dieron las seis, hora de la salida, y fui en búsqueda de Ada.

—Ada, ¿cómo has estado? —le pregunté al encontrarla.

—Néstor, hola —dijo apenas, y advertí inquietud en su mirada.

—Quería hablar contigo. ¿Qué te parece si nos regresamos juntos?

—¿Juntos? —Y me miró desconfiada.

—Sí, tenemos mucho que hablar. —Y solo atiné a sonreír.

—Está bien —dijo y recogió sus pertenencias.

A los cinco minutos salimos por primera vez del trabajo, y no pude dejar de imaginar otro escenario. Había sido parte de mi infancia y la tenía solo a centímetros de mí. ¿Por qué no se dieron las cosas en su momento? ¿Por qué la timidez, el miedo al rechazo, hace que dos personas tan parecidas no puedan llegar a ser amigas? ¿Por qué buscamos, en cambio, lo que nos hará llorar? Bajé unos minutos la mirada y respiré. Luego, volteé a verla. Era como la primera vez.

—¿Te pasa algo? —dijo distrayéndome.

—No, nada —contesté sonriendo. Justo frente al paradero, otro cuadro vino a mis ojos. Eran Henry y Sonia muy contentos conversando, concentrados el uno con el otro. Más ella, que prácticamente colgaba su brazo de un poste.

—¿No quieres un café? —le pregunté.

—Sí, mejor —me respondió. Y aprovechamos que pasaron varios buses para escapar de ahí.

Llegamos al café Manjares de la Av. San Luis, nos sentamos y, por primera vez, la tuve frente a mí.

—Ada, qué extraño, ¿no? Nos conocemos de años, y recién tenemos un tiempo para conversar —no pude evitar decir. Es un hecho, el estar con Jenny me había quitado el miedo a las mujeres.

—Sí, ¿no? —respondió dudosa.

—¿Quieres algo?

—Un café está bien.

—Claro. Mozo, tráigame dos cafés —volteé a decir y luego me dirigí a ella—. Y Ada, ¿qué fue de Daisy y Selena? ¿Sigues viéndolas? —pregunté buscando romper el hielo.

—No, ya no.

—¿Qué pasó? ¿Se pelearon?

Según me contó, Daisy había encontrado el amor en un ingeniero americano, que la llenó de regalos. De un momento a otro, cambió de estilo de vida y, eventualmente, de amistades. Poco a poco se fue distanciando de Ada. Selena se retiró por solidaridad a su hermana.

Las historias se repiten una y otra vez si no aprendemos de ellas. Esta chica, que conocía desde niño, se había desvivido por las personas con quienes compartía su vida, pero, muy a su pesar, no pudo recibir el mismo trato. ¿No le pasó lo mismo con Kami y Hikaru, aquellas *otakus* de la universidad? ¿Qué tenía para que los demás se alejaran de ella? Recordé a Rolando. ¿Acaso eres un pañuelo?

—Lo siento. —Fue lo único que salió de mi boca. Luego, cambié de tema—. Tú estás igualita, por cierto.

—Gracias. —Y esbozó una sonrisa. El clima volvió a calmarse—. ¿Desde cuándo conoces a Rolando?

—¿A Rolando? —Me sorprendió su interés, pero ¿acaso no era obvio?—. Desde hace cuatro años, trabajamos juntos antes.

—Asu, ¿y desde ahí son amigos?

—Los mejores.

—Qué bueno. —Y bajó la cabeza otra vez. Sorbió un poco de café y luego me dijo decidida—: ¿Y tú conocías a Celia?

—¿A Celia? —Intenté no atorarme—. Claro, Celia es su ex.

—¿Y cómo era?

—¿Físicamente? —La miré incrédulo—. Bueno, Celia era algo gordita. No era muy bonita, la verdad —dije tratando de consolarla.

—¿Ah sí? Pero debe tener algo especial. Rolando no paraba de hablar de ella —me confió.

Este huevón.

—¿Especial? Bueno, fueron enamorados. Estuvieron tres años juntos. Seguro que él debe conocerla mejor.

—¿No te caía bien?

—No. —Y toqué su mano—. Y creo que no debes preguntar sobre su relación. Ellos ya no están.

—Es que yo…

—Ada, no sé qué ha pasado entre ustedes, pero es mejor que te olvides de eso.

—¿De eso? —tembló al decirlo.

—Perdona que te hable así, pero es que me caes bien y no quiero que sufras. Sé que eres una buena chica y no te mereces lo que te está pasando.

—¿De qué estás hablando, Néstor? ¿Qué sabes tú? —dijo soltando mi mano.

—Todo. —Y puse mi cabeza sobre mis brazos—. Lo siento.

Empezó a llorar.

—¿Qué te dijo Rolando? ¿Es que acaso no me quiere?

Por Dios, Ada. Pareces una niña.

—Él no está pensando claramente —atiné a decir. Tampoco quería dejarlo como un monstruo. Al menos, por ahora.

—Pero yo…

—Será lo mejor. —Y me acerqué a ella y la abracé.

—¡No puede ser! —dijo incrédula—. Nosotros estábamos empezando algo.

—Nada bueno puede nacer de esto. Él no está bien, está muy dañado.

—¡Pero yo puedo ayudarlo! —contestó suplicante.

—Es mejor que lo dejes solo.

—¡Tengo que hablar con él! —Intentó pararse. La retuve.

—No conseguirás nada con eso.

—¿Qué te ha dicho de mí?

Mis ojos soltaron la verdad que por temor guardaba. Ada se puso a llorar sobre mi hombro, pero yo no la solté las dos horas que estuvimos juntos, por primera vez, en aquel café. Qué irónica es la vida. Los otros comensales me miraban irritados imaginando que lo nuestro había sido una pelea de enamorados. Yo, por supuesto, era el malo de la película. Pero no me importó y los dejé ser. Por unos minutos, me olvidé de la gente.

Capítulo 13

La batalla de los egos

Perra. ¿Quién me hubiera advertido antes que llegaras a mi vida? Ahora que el daño está hecho, ¿qué va a ser de mí? ¿Cómo diablos voy a pasar otra vez por la residencial San Felipe y no acordarme de ti? De cuando te escondías tras las plantas y fingía no verte. De cómo me mostrabas el escote y te pegabas a mí. De cómo te colgabas a mi cuello y me mirabas con esos ojos pardos tuyos. De las veces que me arrastrabas hasta la casa de tu abuela, allá en Ica, y viajábamos por horas abrazados en el bus. De las verbenas en tu alma mater, de la tómbola y el juego del cuy. De nuestras peleas y esperadas reconciliaciones.

¿Con qué cara voy a pasar otra vez por aquellos lugares cómplices nuestros? ¿Qué pasará con la heroína de la historia que escribí pensando en ti? ¿Qué va a ser de mí?

Ni siquiera me aguanto en estas cuatro paredes. Tu olor, impregnado en todos los rincones y en las sábanas de mi cama. Tus fotos, que no he tenido el ánimo de eliminar. Algunos recuerdos de los que no he querido despegarme.

Pero bueno, han pasado dos meses desde que nos despedimos y no he sabido nada de ti. Ya estarás tirando con alguien, seguro, maldita perra. ¡Qué cojudo me siento de solo imaginármelo! Mierda. No te sientas triunfante, zorra, porque yo ya encontré tu reemplazo.

—¿Y cómo la conociste? —le pregunté a Rolando.

—Por hi5. Como no tenía nada que hacer, me puse a revisar perfiles y la encontré. Mira, aquí está su foto —dijo enseñándome su página en la red social—. Está fuerte, ¿no?

—Uhmm, bueno, parece agradable. —Carmela Plasencia, como se llamaba la susodicha, era una morena de estatura promedio, algo subida de peso. Un poco para mi gusto. Pero ya sabía de la predilección de Rolando por la raza afroamericana—. ¿Y a qué se dedica?

—Es periodista, trabaja en la Cato.

—Interesante, ¿y ya la invitaste a salir? —pregunté. Ahora que conocía un poco de su *background*, empecé a dudar de sus palabras.

—Todavía no ha querido que nos encontremos, pero hablamos seguido por teléfono. Es un mate de risa.

—¡Ah, entonces sí le gustas!

—Claro, si me respondió el mismo día que le comenté su foto. ¿No has notado que les has perdido el miedo a las mujeres?

Le contesté con la mirada.

—Creo que ha sido lo único bueno que me ha dejado esa perra —continuó—. Pienso invitarla el domingo, que es el día del cine.

—Está bien —dije, y pensé en Ada y nuestra conversación. Ada y su ilusión con Rolando. Este huevón tenía que hablar con ella de una vez—. ¿Cuándo regresas a la chamba?

—Bueno, estaba pensando en comienzos de diciembre.

—¡No te pases! El jefe me llamó la atención. No creo que te perdone si te retrasas tanto.

—OK. Iré este lunes.

¿En qué momento se me ocurrió hacer de intermediario?, pensaba mientras regresaba a casa. ¿No hubiera sido mejor que Rolando aclare su situación con Ada, como lo haría un hombre? ¿Para qué tenía que meterme? ¡Quién me llamó a abrir la boca! Este huevón le romperá el corazón.

¿Pero acaso no se lo buscó? ¿Quién la mandó a meterse en la casa de un hombre de 31 años? ¡Qué tonta! Existiendo tantas formas de comunicarse, ¿por qué tuvo que ir a la boca del lobo?

¿Y si ya le gustaba?

Esa idea empezó a carcomerme el cerebro. ¿Pero qué le vio? ¡No puede ser! ¡Todas las mujeres están locas!

Rolando era mi pata, pero había algo en él que fallaba. No podía explicarlo con palabras, pero, de haber nacido mujer, tan solo tratándolo un poco, hubiera dado media vuelta. ¡Y ahora saldría con una periodista! No lo podía creer. Qué *heavy*, qué dolor de cabeza.

—¡Néstor! —Levanté el rostro y reconocí a Ernesto y Susy, dos amigos del grupo de rol.

—¡Chicos, a los años! —sonreí y los saludé a ambos.

—¿Dónde estabas? Te habías desaparecido —dijo Ernesto.

—Estuve fuera de Lima —expliqué—. Me tomé unas vacaciones. ¿Y ustedes, cómo van?

—Bien —respondió Susy—. Justo salimos a comprar unos snacks para la reunión de mañana. ¿Te apuntas?

—Mañana, no sé. —Recordé algo—. La verdad es que Jenny y yo terminamos, y no creo que esté bien para ella…

—¡Ah, pero de eso no te preocupes! —comentó Susy, y se calló al sentirse inoportuna.

—¿Por qué no? —pregunté curioso.

Ambos se miraron preocupados. Fue, finalmente, Ernesto quien despejó mi duda.

—Ella ya está saliendo con otro.

Capítulo 14

El camino del líder

Para alguien tan introvertido como yo, volverme un referente dentro de la oficina ha sido uno de los trabajos más pesados. Y es que, a pesar de contar con la venia del jefe y la amistad de Rolando, fue un reto tener que dirigirme con autoridad a mis compañeros.

Por un lado, tenía a George como mi máximo obstáculo en el área editorial. Había llegado a la revista por recomendación de un amigo del jefe, quien fungía como profesor de comunicación. George era uno de los primeros alumnos en su facultad y, según sus conocidos, se vislumbraba como una promesa en el periodismo escrito. Será por eso y sus aires de sabelotodo que, desde un principio, su presencia era intolerable para mí.

Genaro, en cambio, era una persona aparentemente despierta y risueña. Amigo de George desde el colegio, era su complemento y paliativo. De trato fácil pero con tendencia a la misoginia, ocupaba su tiempo libre molestando a Ada, a quien no perdonaba ningún error:

—Ja, ¿no era que se escribía con «c» esa palabra? —se burlaba—. Creo que debo pasarte un manual de estilo, mamita.

—Ah, perdón. No me fijé —contestaba ella, y bajaba la cabeza como un ratón.

George y Genaro compartían la pasión por el séptimo arte. Desde pequeños, soñaban con dirigir una película y ser reconocidos internacionalmente. Pero ¿hasta dónde puede llegar un estudiante misio que debe trabajar para vivir? Los sueños de George empezaron a desmoronarse el día en que su padre murió y tuvo que enfrentar la realidad de ser cabeza de familia. Por eso, mientras esperaba a que saliera su título de bachiller, fungía como editor de una revista de entretenimiento en la que aspiraba saltar a la palestra. Pero antes debía evitar compararse con cualquier colega más afortunado que él.

—¡Pucha, a esta huevada llaman director! —Se le escuchaba decir en algunos momentos al revisar la reseña sobre la nueva película de un compatriota nuestro. Estos episodios lo hacían explotar de ira—. ¡Te voy a destruir, maldito cabrón! —Y se disponía a enfundar su artillería. En estos momentos se volvía irascible y desafiante, pero también adolorido.

Empero, para suerte de la víctima, la recepción de nuestra revista era relativamente baja para llegar a oídos del aludido. Es más, nuestros sueldos raspaban en ese entonces el mínimo permitido y, más que todo, era un aliciente el recibir un certificado de trabajo.

—¿Y cómo has estado? —le pregunté a Henry una tarde, cuando terminábamos de almorzar.

—Yo, muy bien, gracias. —Fue su escueta respuesta—. ¿Cómo te ha ido a ti, más bien?

—¿A mí? Todo bien. —Y recordé que no es bueno cortar la conversación—. Bueno, ayer me encontré con dos amigos del rol, y me contaron que Jenny está saliendo con alguien.

—¿Así? Lo siento.

—No te preocupes. Para mí es un alivio. —Mentí—. ¿Siguió viniendo a la oficina después de que me fui?

—No me acuerdo haberla visto.

—Ah, mira qué rapidita terminó siendo.

Henry sonrió complaciente.

—Bueno, tú ya no querías nada con ella. Es lógico que buscara por otro sitio.

—¿Eso crees? —Y lo miré fijamente.

Henry comenzó a reírse.

—Disculpa si te molestó. Es que me acordé de lo mío con Karen y hablé del otro lado.

—Ah, claro. No hay problema. Qué bueno que lo hayas superado.

—Sí, estoy en eso —dijo muy seguro.

—¿Alguien especial por ahí?

—¡No! —Y lo encontré muy resuelto en su respuesta. Empecé a preocuparme.

Capítulo 15

El preludio del adiós

Rolando reapareció en la oficina el lunes siguiente y en todo momento trató de evitar a Ada. Ella se encontraba a la espera de cualquier reacción que confirmara su relación ante sus compañeros, mas él le esquivó la mirada. Y así se mantuvo: ocupado en ponerse al día en su trabajo, distrayéndose lo menos posible. Hasta que dieron las seis de la tarde y la sala empezó a desocuparse.

Él aprovechó que nadie lo llamaba y se dispuso a salir. Contrariamente a lo usual, no buscó la compañía de Néstor. Una vez fuera caminó raudamente al paradero, cuando una mano lo interceptó en la acera.

—¿Por qué te vas tan rápido? —preguntó Ada.

—¿Ah? —respondió sorprendido—. ¿Qué haces aquí? ¿Me has estado siguiendo?

—Es que no me has hablado toda la mañana. ¿Estás molesto conmigo?

—¿Yo? ¿Contigo? Para nada. He estado con mucho trabajo. Más bien, ahora tengo que ir a casa a avanzar más material.

—Pensé que podíamos ir a tomar algo.

—¿Los dos? ¿Para qué?

—Para conversar.

—No, ahorita no puedo.

—Entonces te acompaño hasta tu casa, de paso que hablamos.

—No, Ada, no —contestó Rolando, que empezaba a desesperarse—. Lo siento, pero esto no puede ser.

—¿Qué?

—Ada, me he sentido mal todos estos días. Ayer casi no he dormido pensando en lo que había pasado.

—No te entiendo.

—Tú eres muy linda, pero ¿recuerdas cuando estábamos besándonos? ¿No te acuerdas de que después de un rato como que había bajado la excitación?

—¿Qué?

—Estaba muy confundido. No terminé bien con Celia, todo me trae recuerdos de ella.

—¿Pero yo…?

—No creo que esto resulte, además… Bueno, es mejor que lo sepas. Estoy saliendo con alguien.

—¡¿Qué?! —preguntó alarmada—. ¿Desde cuándo?

—Desde ayer, pero nos hemos estado comunicando ya como dos semanas. Y le he prometido ir en serio.

—¿Por qué le has dicho eso?

—Porque me nació decirlo. Además, es una promesa de caballeros. Yo no puedo romper mi palabra.

—¡¿Ah?! —Comenzó a alterarse—. ¿Qué me estás diciendo, Rolando? ¿Acaso te estás burlando de mí?

—¡Ada, tranquilízate! Nunca te dije para estar.

—¿Qué? ¡Pero si estuvimos juntos!

—¡Baja la voz! ¡No te das cuenta de que la gente nos está mirando!

—¡Qué me importa! ¿Acaso no tienes una hermana? ¿Te gustaría que un chico se la agarrara como si nada?

Rolando se quedó un rato mirándola.

—Ada, dame una cachetada.

—¿Cómo voy a poder verte a la cara? —Y empezó a llorar.

—Perdóname, por favor.

—¿Y a esa chica sí la amarás? ¿Por qué me haces esto, Rolando, si yo te ofrecí mi amistad?

—¡Es que se lo prometí! ¡Le di mi palabra de que le sería fiel!

Ella se tapó los oídos. Él continuó:

—No sé si la estoy utilizando, pero cada vez que hablo con ella me siento bien. Y eso es lo que necesito. Entiéndeme, por favor.

Rolando esperó unos minutos. Luego se hizo a un lado y siguió su camino. Ella continuó sollozando. Varias personas voltearon a verla y murmuraron entre ellas. Pero Ada ni se inmutó; la vergüenza era lo menos que le quedaba.

Capítulo 16

Viento marchito

Después de aquel beso empecé a sentirme extraña. Sabía que Rolando estaba pasando una mala etapa, que se encontraba demasiado sensible en esos días, pero su confesión me cogió desprevenida. Debo confesar que era la primera vez que un hombre me halagaba de esa manera, que me consideraba especial, por eso no dudé de sus intenciones.

El cúmulo de emociones que me sobrecogieron en aquel entonces no dejó lugar al raciocinio y, por primera vez en mi vida, fui atraída por una desconocida fuerza que dominó mis actos.

La mañana después de vernos estuve cavilando lo que haría para volverlo a ver, qué le diría. Me inquietaba terminar lo que habíamos comenzado esa noche. Lo deseaba. Pensaba en eso a cada momento. Pero no tenía un pretexto para verlo.

Bueno, para lo que importaba. Salí en la tarde y, cuando estaba a dos cuadras de su casa, se inició la garúa. Para mí fue una señal. Me acordé de que en las telenovelas las escenas más románticas se producían bajo la lluvia. Eran aquellos encuentros furtivos entre los amantes, o la esperada reconciliación. Como fuera, la atmósfera que dibujaba ese instante tenía colores especiales y suscitaba el más profundo encanto.

Para fortuna nuestra, su madre y la empleada no se encontraban; por lo que pude sentirme más cómoda, sobre todo en esos minutos en que estalló la alegría.

—¿Quién lo diría? Tan tranquilita que parecías… —me dijo en un momento. Luego, no tuvo más comentarios y continuó con lo suyo. Al terminar, se fue corriendo al baño.

¿Qué pasó?, pensé. Lo seguí y encontré encogido en la bañera.

—¿Por qué te fuiste? —le pregunté. Él estuvo callado unos minutos.

—¿Qué hora es?

—No lo sé. Deben ser las ocho.

—¡Demonios! ¡Vístete, Ada! ¡Mi madre está a punto de llegar! —Y salió de la ducha.

—¿De verdad?

—Sí —contestó volteando a mirarme—. Y límpiate, estás sangrando. Celia nunca sangró la primera vez que lo hicimos.

Fue ahí que empecé a llorar.

30 de octubre del 2006
Querido diario:

Esperé su llamada los días siguientes, pero ni siquiera me mandó un mensaje preguntando si había llegado bien a casa. Yo quería conversar con él, que aclarara mis dudas, que me dijera qué sucedería con nosotros, pero temía importunarlo, que se fastidiara y me dejara de hablar. Sin embargo, estaba inquieta y no hacía más que rememorar lo que había pasado. Por instantes me encontraba obnubilada reviviendo cada minuto entre sus brazos. Por otros, me desconcertaba su actitud, su falta de respeto a aquel encuentro. Cómo fue manchado con el recuerdo de aquella mujer. ¿Por qué tenía que pensar en ella mientras estaba con él?

Rolando era torpe hasta para consolar a alguien. Y yo me sentía cada vez más insultada. ¿Por qué tuvo que despacharme tan rápido? ¿Por qué se corrió de mí? ¿Cómo actuaría cuando me viera? Pasé el fin de semana dando vueltas al mismo tema y llegó el lunes.

Esos primeros días ni siquiera podía concentrarme en mis deberes. Un fuerte hormigueo recorría cada poro de mi piel cuando estaba en la oficina y observaba de reojo su silla vacía.

Mientras duraba la hora de refrigerio solo una idea ocupaba mi mente. Y esa misma se repetía cuando regresaba a casa.

Pero no fue él quien me dio la respuesta.

¿Qué es lo quería de mí Néstor? ¿Qué tanto sabía de lo que había pasado entre Rolando y yo? ¿Quería que me alejara de él? Imposible. Ya era demasiado tarde.

Aunque me desconcertó lo que dijo, mis dudas no se despejarían hasta confrontar la verdad. Era hora que me dijera qué pasaría con nosotros.

Rolando volvió unos días después al trabajo, pero en ningún momento atinó a acercarse a conversar conmigo. Fui yo quien esperó que todos se fueran, que se escondió en una esquina y aguardó a que saliera para seguirlo. Quería darle el beneficio de la duda. Tal vez era demasiado pronto para presentarme como su novia.

No sé si la estoy utilizando, pero cada vez que hablo con ella me siento bien. Y eso es lo que necesito. Entiéndeme, por favor.

¿Qué me está diciendo? ¿Es acaso una pesadilla? Mientras se iba, yo temblaba de rabia y dolor. Pero no tenía fuerzas para seguirlo. ¿Es acaso este el fin de mi sueño?

Como una muñeca sin alma estuve por varias horas y hasta ahora no encuentro explicación de cómo me pude regresar completa. Esto no puede quedar así, pensaba, esto no puede quedar así.

Capítulo 17

El primer amor

Debo confesar que odio limpiar baños. No sé qué haría si viviera solo, hasta ahora no me lo he preguntado. Tal vez contrataría un personal que se encargara del retrete, pues de solo imaginar el simple hecho de coger el desatorador me sume en la tristeza y vuelve a mis pensamientos aquel episodio frente al psicólogo del colegio, donde mi madre relató el momento en que fui traído al mundo.

—¿Y cómo nació su hijo? —preguntaba el doctor.

—Bueno, fue un parto natural, pero hubo complicaciones. En esos días, el seguro estaba de paro y tuvo que atenderme un practicante. Como demoré mucho en dilatar, utilizaron un *vacuum*.

Las imágenes vuelven una tras otra a mi mente. Yo pequeño y tembleque, adormecido por la presión de esa campana sobre mi frente. Mi cuerpo amoratado va reconociendo aquellas manos enemigas que me introducen en una celda de vidrio. ¿Dónde estás, mamá? Paso las horas asustado mientras llegan a verme un grupo de mujeres de azul que auscultan mi indefenso cuerpo. ¿Por qué no vienes a recogerme? Una lágrima cae sobre mi mejilla y siento el miedo por primera vez. Yo, entre miles de niños, tuve que nacer así: expulsado como un pedazo de excremento hacia la superficie. Soportando minutos de terror en aquel cuarto vacío, manoseado por extraños sin mi consentimiento. ¿Por qué no vienes a protegerme? Mis ojos se han cansado de buscar tu sombra en el pasillo y caen rendidos.

Despierto y tengo dieciséis. Manejas el auto mientras reniegas porque le pedí a mi padre que me matriculara en un curso de diseño. ¿Qué, artista quieres ser?, me dices, ¿quién te va a dar de comer, Néstor? Reacciona, la juventud es corta. Mamá, puedo trabajar en eso. ¿En dónde? ¿En galerías Wilson? ¿Qué de malo tiene ser doctor? ¿No ves cómo le va a tu padre? Podríamos ponerte una clínica para ti solo. Imagínate la plata que ganarías. Pero, mamá, odio la sangre. Y me molesta estar masajeando extraños. Un ratito, jovencito, el negocio de terapia física es muy rentable en estos tiempos. Ahora la gente se lesiona con frecuencia, hasta por estrés le salen contracturas. No, mamá, no digo que esté mal. Es que no es lo mío. Pero, Néstor, esos dibujos no te van a llevar a nada. ¿En dónde quieres trabajar? ¿En la revista *Chesu*?

Con ella las cosas siempre fueron difíciles, y mientras duró la universidad estuve bajo su ojo vigilante. Decía que buscaba mi bien, pero yo me encontraba sometido a sus designios. En ese tiempo me restringieron la televisión y el dinero para pasajes y fotocopias era escrupulosamente medido y contabilizado según el informe que otorgaba, con boletas en mano. Por eso, amé el momento en que conseguí mi primer puesto de practicante. Esos benditos trescientos soles me dieron la libertad soñada. En ese centro empecé a pulir mis habilidades y armar lo que sería mi ascendente carrera como director de arte.

Planificaba que en dos años ya debía estar laborando en una compañía más grande, y en cinco armaría mi propia empresa. Ya me veía alquilando mi propia oficina y recibiendo las llamadas telefónicas de mis primeros clientes, a quienes demostraría mi talento. Tal vez en ese momento recibiría un elogio tuyo, madre, el espaldarazo esperado por años. Y fuera quien fuera la que me acompañara en ese camino, gozaría de los frutos de mi éxito.

Vuelvo a tener 15 años y me encuentro probándome un terno para la fiesta de mi prima. Tú, madre, me obligas a ir, y hasta quieres que haga de chambelán. Me dices que ella tiene pocos amigos que le puedan hacer el favor, que es una fecha especial en la vida de una jovencita, y que como familiar debo acompañarla. No entiendo bien, apenas puedo bailar. Además, a mi prima no la veo muy seguido que digamos. Néstor, ya me comprometí, me replicas. Y no nos vamos a echar para atrás. No tienes que estar con ella toda la noche. Tal vez te presente a una conocida suya. Sí, claro, mamá, con el jale que tengo con las féminas del barrio, voy a rayar en el tono, seguro.

Su insistencia me hace recordar mi situación amorosa. No es algo que me moleste, pero en el colegio ya se está volviendo un hábito encontrar parejas besándose a la hora del recreo, quienes aprovechan un descuido del auxiliar para dar rienda suelta a sus impulsos. Es incómodo cruzarse con ellos o tener que desocupar el aula para no verlos. Qué pensarán. Pobrecito el virgen, dirán. Mira cómo se corre, como si hubiera visto al diablo. Luego, toparse con ellos en el bus de regreso y escuchar sus suspiros cuando intento concentrarme en la lectura y de paso escapar de la mísera realidad que me rodea. Porque tú, Néstor, no eres popular, no tienes una novia, ni la chica más linda de la cuadra se acuerda de tu nombre cuando tú solo piensas en el suyo. *But I'm a creep, I'm a weirdo. What the hell am I doing here? I don't belong here.*

Salimos del lugar y, mientras regresamos a casa, veo a Ada y su madre que salen de un pasaje. Están a pocos metros de nosotros, por eso puedo escucharlas discutir. Eres una irresponsable. Te dije que te abrigaras. ¿Ves lo que me haces gastar?, le replica su progenitora. Mi vecina camina cabizbaja hasta que chocan con un par de enamorados.

—¿No te das cuenta cómo eres? Tú nunca serás como esa chica.

Capítulo 18

La mujer y la niña

A diferencia de Ada, Carmela era una mujer en todo el sentido de la palabra. Se había iniciado sexualmente a los 13, apenas seis meses después de su primera menstruación. La calentura en esos días fue la excusa perfecta para el desenfreno y la lujuria que se apoderó de su cuerpo un 8 de agosto a las 5 p.m. en casa de un amigo del colegio. Luego vendrían las fiestas y las amistades ocasionales hasta que conoció el amor. Se llamaba Juan Carlos, Juanca de cariño. Era un chico de la academia, a quien le gustaba rellenar crucigramas en la clase de química y hablar con las chicas en la de lenguaje.

Carmela se enamoró locamente de él. Y ese fue el pretexto para hacer una que otra estupidez. Empezó a usar la ropa más apretada (claro que su desbordante figura de morocha la ayudaba). Se hizo amiga de todas sus conocidas, hasta que pudo llegar a él. Ya en ese momento, se lo sabía hasta al derecho y al revés: Juanca era el pendejo del salón y, como era obvio, el más divertido e interesante chico que pudo conocer. Había tenido lo que cualquier adolescente quisiera y más, porque Juanca era hijo único y el consentido de sus padres. Se rodeaba de la mejor gente y siempre estaba a la moda. Por eso, la academia era su microreino, en el que podía hacer y deshacer a su antojo.

Cuando Juanca conoció a Carmela, notó el interés de esta y eso lo puso en ventaja. No es tan atractiva, pensó, pero podría pasarla bien. Desde ese instante, las cosas fueron más fáciles para ambos. Carmela recibió la aprobación del chico más popular y, a cambio de ello, Juan Carlos se convirtió en el centro de la atención y amor de Carmela. Y con eso empezaron las aventuras clandestinas a partir de las 4 p.m., las tiradas de pera, las fiestas y demás aspectos en los que no quiero extenderme. Lo cierto es que la felicidad le duró poco a Carmela. Para ser exactos 10 meses y 11 días. La razón: Juan Carlos encontró el amor, el verdadero. Luego vinieron las disculpas, lo que pasó entre nosotros fue muy lindo pero ahora tengo que rehacer mi vida, las súplicas, los llantos, la amargura, el desespero y la resignación. Tanta fue la depresión que Carmela no pudo dar el examen de admisión a San Marcos ese año ni el siguiente. Fue entonces que sus padres la hicieron entrar a la Garcilaso, su mejor opción en ese tiempo. Y no se equivocaron.

Carmela no pudo olvidar fácilmente a Juan Carlos, y pasaron dos años hasta que volvió a fijarse en un chico, aunque no con el mismo interés. Detrás de este siguieron otros que llenaron sus momentos. Con algunos se llegó a ilusionar, pero no fue más que eso. En cambio, se concentró en su carrera y proyectos personales. Así Carmela, a sus 28 años, era una mujer en todo el sentido de la palabra. Por eso, cuando Rolando conversó con ella por el chat no pudo sentirse más afortunado. Aquella chica era justo lo que necesitaba: era inteligente como su ex, profesional como su ex, tenía senos grandes como su ex, viajaba al extranjero como su ex, y era negra, el tipo de mujer que siempre había deseado tener sobre su cama. Para Carmela también fue un gusto cruzarse en su camino. Rolando era guapo, alto y fornido. Unos 75 kilos de carne bien proporcionada debajo de aquellos ojos marrones. Por ello, al encontrarse en la boletería del cine en su primera cita, ambos supieron que estaban predestinados el uno con el otro. Antes de eso eran fichas de un rompecabezas incompleto, que al juntarse calzó perfectamente. Eran lo que andaban buscando desde hace tiempo.

Rolando se abrió una vez más a otra mujer. Le contó los tres años al lado de Celia, sus errores y lo que había aprendido, como persona madura que era, de su relación. Le refirió cómo la conoció, el día en que se dieron el primer beso, su primera vez, sus peleas, los caprichos de ella, la fidelidad de él, su abnegación, el día que se enteró que ya no lo querían, la ruptura, el día que la conoció, sus nervios ante ella, sus primeras impresiones. Carmela se sintió sobrecogida y halagada por la sinceridad de su pretendiente. Pero no tardó en reparar, como buena nacida de Piscis, que las constantes remembranzas a su otrora compañera era un síntoma perjudicial para su relación y claro indicio de que todavía no la había olvidado. Mas como toda mujer experimentada y fiel seguidora de Alessandra Rampolla, Carmela guardaba bajo la manga algunos trucos para hacer que esta aventura se hiciera más larga. Además, al contrario de Ada, ella era toda una mujer, amorosa, suave y precavida.

Las primeras semanas como pareja se desarrollaron bajo un halo de aparente armonía. Tanto Carmela como Rolando querían mostrar lo mejor de sí, sorprender al otro, motivarlo a quedarse. No había lugar para las diferencias ideológicas e intelectuales. Mientras él trataba de amoldarse a sus preferencias, ella lo cautivaba con sus logros y elocuencia. Presa del enchuchamiento, mi amigo permitía que fuera su novia quien eligiera las películas y no se hacía problema de que a ella no le gustaran los animes. Una vez le objeté su sobrada experiencia:

—Pero esa chica ha estado con varios…

—Si el pasado le enseñó a besar así, bendito sea el que estuvo antes de mí —me contestó citando a Arjona.

Su relación llegó a oídos de la gente de la oficina, más por las fanfarronadas de Rolando que por el interés de los otros.

—Así que ya estás con nueva novia —le dijo Genaro un día.

—¡Por supuesto! Y es toda una mujer —contestó orgulloso, sin percatar que a pocos metros se encontraba Ada.

—Ja ja ja, ¿cómo así? —preguntó curioso George—. ¿Antes estabas con un tipo?

—¡Uf! Es que esta chapa rico. Esta sí sabe besar.

Dios creó a la mujer, y la hizo niña. La hizo niña para que diera sus primeros pasos, se cayera y aprendiera a levantarse, cometiera errores de los cuales guardaría enseñanzas, dijera palabrotas que sonaran graciosas en los oídos de extraños, sea traviesa, imprudente, hablara sin pensar, se enamorara y decepcionara constantemente. La hizo niña porque, cuando llegara el tiempo en que se convirtiera en mujer, ya no habría momentos para juegos ni mañanas que se podrían postergar. No habría llantos ni berrinches. Ni pucheros ni sacadas de lengua. Le concedió ese tiempo para hacer de su vida lo que se le antoje hasta que llegara a la edad en que tuviera que seguir las leyes de los hombres y no las suyas. Volverse una del resto, y a la vez un ser diferente y superior de la que vivió bajo su piel por muchos años y de la que renegará en diversas oportunidades.

Una mujer es también la némesis de una niña. Niñas, las que quieres tener en brazos pero no al otro lado del teléfono comportándose como tus iguales. Niñas, las que no llegan a ser mujeres o las que se niegan a serlo (y ahí está el caso de Ada). Niñas, que son inmaduras y engreídas, nadie les presta atención más de una hora si no son las hijas de una amiga o la hermana de su pareja. Resultan tan extrañas en presencia de mujeres que han llegado a la plenitud de su vida, con la experiencia y el conocimiento detrás de corazones parchados e historias sinsentido.

Capítulo 19

Las debilidades de Henry

Henry regresó de sus vacaciones como si en esos meses hubiera cambiado de vida, que en la oficina empezaron a comentar sobre un posible romance con alguna de sus compañeras de la UPC, centro donde complementaba su formación de ingeniero de sistemas. Pero él no soltaba palabra.

La arrogancia con la que se desenvolvía me hacía temer de malas juntas con las que se había podido topar ahora que reiniciaba sus estudios universitarios. Ya nada quedaba de aquel muchacho tembloroso que padecía por los desplantes de Karen.

—¿Y ahora qué le digo? Si la veo, la tengo que saludar, ¿no?

—Trátala como si nada —le decía mientras ponía mi mano sobre su hombro—. No le hagas notar tu malestar.

Y así pasaron cinco largos meses de salidas a hurtadillas, de cambio de planes a último momento, de inicio de nuevos hábitos hasta que pudo decir que había superado el rechazo.

Por ese tiempo, Sonia empezó a quedarse más horas en el trabajo. No es que hubiera aumentado su productividad, sino más bien que el estar lejos de casa le servía de paliativo ante algún problema que rodeaba su mente.

Se le notaba acelerada.

Sonia era la primera en llegar y la última en retirarse, algo que hizo pensar al jefe sobre un posible aumento de sueldo. Había dejado aquella afición al chisme y de andar de guardaespaldas de Karen. Esta última se notaba algo contrariada por la actitud de su amiga. La semana que se enfermó nos alarmó a todos, pues empezábamos a valorarla como profesional.

—Henry, ¿unas chelas? —le pregunté a la salida.

—Claro, ¿por qué no?

—Y cuéntame, ¿cómo te fue en tus vacaciones? Viajaste a Huaraz, ¿no?

—Sí, así fue. No hay nada como disfrutar de la naturaleza.

—Qué bueno.

—¿Y Rolando está de mejor ánimo?

—Sí, ya va dos meses saliendo con alguien.

—Ah, qué mostro. Tampoco le iba seguir guardando luto a Celia, ¿no?

—¿Pero tan rápido? Yo creo que está buscando con quien desquitarse, como si fuera poco…

—¡Déjalo pues! ¡Tiene derecho! Además, la otra chica debe saber dónde se mete. No creo que sea una chiquilla.

—No, tiene 28, pero es que Rolando solo hablaba de Celia unas semanas antes.

—Querrá distraerse. Y es mejor que no te metas. En problemas de parejas, los terceros salen sobrando.

—¿Hay algo que no me he enterado? Te noto raro.

—Es que… bah… Te contaré. Empecé a frecuentar a una flaca y me la llevé de viaje.

—¿Que tú qué? —dije mientras intentaba no atorarme con la cerveza. Pero si tú eras bien monse—. Lo siento, cuéntame, por favor —acoté con aire diplomático—. ¿Quién es?

—Alguien de mi grupo de anime —contestó rápidamente—. Nos frecuentamos hace dos meses y empezamos a fluir. Por eso aproveché para invitarla.

—¡Te pasaste! —Le palmeé el hombro—. Ya estás aprendiendo.

—Ja ja ja, pero ni creas, desde que regresamos se puso supermelosa.

—¿Aló?

—Aló, Henry. ¿Qué vas a hacer el sábado? Estaba pensando en que podríamos pasar el fin de semana juntos.

—¿Y qué le has dicho?

—¡Ni de vainas! ¡Ya me quiere amarrar! Le mentiré que estoy con demasiada tarea.

—¡Tú sí, ah! ¿Pero es que no te gusta ni un poquito?

Henry se quedó mirando su vaso por unos minutos.

—Es que sigo pensando en su amiga.

—¿Qué? ¡No te pases! ¿También con la amiga?

—Es que lo sentía desde hace tiempo.

—Asu, ¿y cómo se llama?

—¿Quién? ¿La chica?

—Sí, a la que vas a chotear. Pobrecita.

—Sonia.

Capítulo 20

Amistades renovadas, corazones desechos

Sonia Chang era una verdadera aficionada al género *yaoi*. Guardaba como principal tesoro, y material de herencia, un gran número de mangas y videos de este tipo. Creo que comenzó con su fascinación por los *bishonen*, y posterior idiotización por los personajes de *Weiß Kreuz*, que la llevaron a malgastar el equivalente de un sueldo mínimo al mes en pro de continuar su colección.

En casa no eran cómplices de sus preferencias, sobre todo porque se trataba de una mujer de más de treinta; por ello, las peleas eran el pan de cada día. Pero a Sonia no había quien la pare, y se entercaba con su estilo de vida. Es más, prefería quedarse haciendo horas extras y venir los fines de semana a la oficina que aguantar discursos. Porque en ese tiempo también le habían quedado pocas amigas. Esas del colegio, la mayoría se habían casado o tenían otras prioridades, por lo que su compañía fue mermando.

Sonia congeniaba muy bien con Karen, a pesar de la diferencia de edad. Por ello, pasaba varias horas instruyéndola en el trabajo. Contrario a lo que le sucedió con otras mujeres, hacia ella tenía una gran simpatía, que la llevó a tratarla como una hermana menor. Escuchaba sus problemas (y no los divulgaba), le regalaba dulces, iban de compras cada fin de mes. La acompañaba a la peluquería y esperaba mientras elegía qué ropa ponerse. Por eso, me sorprendió verla recogiendo los restos de su amiga. ¿Tan poco se amaba a sí misma? ¿O es que acaso estaba esperando el momento de la deshonra para aparecer como el paño de lágrimas? A Karen seguro no le importaría, pero ¿qué seguridad tenía de ser correspondida?

—Ella no quería comentárselo a nadie —prosiguió Henry—. Incluso Ada le preguntó qué pasaba conmigo porque nos había visto conversando en el paradero, pero Sonia lo negó. Cuando le propuse lo del viaje, me dijo que inventaría una excusa para faltar, que no me preocupara, que mejor era andar perfil bajo, que después se iban a poner a hablar, que así veríamos cómo evolucionaría lo nuestro. Y bueno, lo dejé así.

Apenas estuvimos en el bus empezamos a besarnos y pude notar lo apasionada que era. Ja ja ja, yo ya venía preparado para lo que se venía, así que tuvimos que esperar llegar a Huaraz para buscar donde alojarnos.

—No tienes que darme detalles —le dije.

—Meses atrás había estado visitando saunas en compañía de mis amigos de estudio, pero una puta es una puta, nunca te va a manifestar cariño ni besarte. Ellas solo hacen su trabajo. En cambio, Sonia sí se abrió a mí. Me confió hasta sus más íntimos secretos y eso que solo estuvimos una semana. Y bueno, traté de complacerla con lo aprendido de Shere Hite. No me arrepiento.

—Y si la pasaste tan bien, ¿por qué quieres terminar? —pregunté alarmado.

—¡Ella no me dijo para estar!

—¡Pero se sobreentiende!

—No lo sé, después de despedirnos no tuve ganas de saber de ella, ni buscarla. Tal vez nunca estuve enamorado.

—Y yo pensé que era una rata. —Y empecé a toser.

—¿Qué dijiste?

—Nada, nada.

Durante las siguientes semanas, Sonia se reportó enferma y pidió utilizar su mes de vacaciones para recuperarse. Tal vez a la espera de una llamada que la tranquilizara, se mantuvo en silencio. Como podía sospechar lo que pasaba, intenté disculparla ante nuestro jefe y convencer a Ada para que no la moleste. Ella también se encontraba algo distraída en sus labores, por lo que había sido reprendida por George.

—No seas tan duro —le dije—. Debe estar pasando por problemas.

—¿Tú qué sabes? ¿Acaso vives con ella? —me contestó.

—No, pero es una mujer. Sé más condescendiente.

—Y después piden igualdad —acotó y salió de la habitación.

Rolando permaneció inmutable ante la escena. Con él no era la cosa. Ni siquiera venía a su mente el instante en que recibió el apoyo de mi antigua vecina. Ahora ocupaba su tiempo texteándose con Carmela, su musa de ébano.

Karen aprovechó esos días para levantar la bandera de la paz a Henry. Quizás por aburrimiento, decidió quitarle la ley del hielo y acercarse a preguntar cómo había pasado sus vacaciones.

—Muy bien, gracias —respondió él.

Ella no se dio por vencida y lo invitó a almorzar. Ahora que compartían la vida universitaria tenían mucho que conversar. Henry no quiso ser descortés; agradeció el gesto de su amiga y salieron juntos esa tarde. Yo me puse a observarlos con incredulidad, pero luego me alegré por la madurez con la que se desenvolvían. Total, estaban arreglando sus diferencias como dos personas adultas.

Esos encuentros se repitieron en la semana y comenzaron a acompañarse al paradero después del trabajo. Era común verlos secretear y fastidiarse el uno al otro. Como muchos en la oficina, saludaba ese clima de cordialidad entre dos compañeros e ignoraba los peligros de esa renovada afinidad entre el ingeniero y la secretaria.

Solo Ada levantó sospechas.

—¿Qué es lo que quieres con mi amigo? —le preguntó.

—¿De qué hablas? —contestó Karen.

—¡Te he visto muy cerca de él! ¿No crees que puedes volver a ilusionarlo?

—Para nada, estamos bien. No te metas, Ada, deja de ser tan imprudente.

Karen avisó a Henry de estas advertencias, y este le llamó la atención a mi antigua vecina. Le dijo que madure y se preocupara de sus propios asuntos, que no necesitaba su apoyo. Ella escuchaba atónita mientras la vituperaba, hasta que finalmente lo fulminó con la mirada.

—¡Jódete si quieres! —respondió y le volteó la cara.

Capítulo 21

Slow Emotion Replay

Era un domingo cualquiera. Susy me había avisado de un torneo de *Vampiro: la mascarada*, en la ACJ, y me animó a asistir. No estaba muy interesado, es cierto. Desde que terminé con Jenny me había alejado del grupo para no verla, pero ella también había preferido retirarse. No obstante, el tener afinidades comunes hacía que el poder reencontrarnos se hiciera probable.

—¿A qué le temes? —me preguntó Rolando—. ¿Acaso sientes algo por ella?

—No es eso, es que si nos cruzamos va a ser incómodo. ¿No te dije que ya tiene enamorado?

—Mucho mejor, así no se acercará —me dijo, y le di la razón. Estaba haciéndome bolas por las puras.

Así fue cómo te encontré. Parada al lado de una mesa, moviendo el brazo derecho hacia delante como lo hacen los grandes líderes: dejando lelos a todos los que te acompañaban. Vestías un jean azul algo gastado, cafarena marrón y chaleco negro. Tenías amarrado el pelo con una cola de caballo. Tus grandes ojos negros mostraban la seguridad con la que te dirigías a ese grupo de párvulos que te escuchaban, siempre firme en tus ideas, mi querida tremere.

Para no perderte de vista me ubiqué en una silla contigua, donde fui divisado por Ernesto, enamorado de Susy, quien me invitó a unirme a su grupo.

—Ah, sí claro —respondí—. ¿La conoces? —pregunté señalándola.

—¿Ah, Stephanie? Claro, ella también se reúne con nosotros —respondió.

—¿Con ustedes?

—Sí, desde hace poco. Es buena jugadora.

Apenas lo escuché, me sentí entusiasmado en reactivar mi participación. Esa sería una oportunidad para desintoxicarme de lo vivido en la oficina.

—¿Se siguen reuniendo en tu casa?

—Así es.

—Tal vez me aparezca el sábado.

—Sí, anda, qué mostro —me dijo. Con él estuve unos minutos hasta que hubo un receso y los equipos comenzaron a desmembrarse. Aproveché esa situación y me acerqué a ella.

Stephanie sonreía a uno de sus contrincantes, cuando una melodía sonó desde su mochila y ella sacó de esta su celular.

—¡Diablos, una llamada perdida! —exclamó.

—¡La tesis del ángel cruel! —comenté. Ella se volvió hacia mí extrañada y contestó:

—¿Perdón?

—«La tesis del ángel cruel», el *opening* de *Neon Genesis Evangelion*, tu *ringtone*.

—Ah, sí —asintió—. Así es.

—Qué curioso, a mí también me gusta la serie —agregué tratando de entablar conversación.

—Ah, mira. ¿Tú has estado jugando con nosotros?

—No, llegué tarde. Soy amigo de Ernesto Manarelli y Susy Solano.

—¡Ah! Vaya, qué chiquito es el mundo. Yo también me hablo con ellos. Estamos jugando *Vampiro* los sábados —asintió en tono amigable. Ya en ese momento había bajado las defensas.

—Sí, yo participaba de esas sesiones, pero tuve que viajar a New York —comenté tratando de pavonearme.

—Ah, qué chévere. ¿Y trajiste muchos cómics, seguro?

—Sí, varios. Aunque más que todo fui por libros de diseño. Es que trabajo como director de arte.

—¿Eres diseñador? Qué interesante.

—Y tú, ¿a qué te dedicas?

—Bueno, yo estudié Ingeniería Civil, pero ahorita estoy chambeando de secretaria en un casino.

—¿Qué pasó? ¿Pocos proyectos?

—Más o menos. Bueno, es que también estuve fuera y perdí contactos. Pero bien, no me quejo —asintió. En otras circunstancias, su respuesta me hubiera espantado, pero me encontraba extrañamente atraído hacia ella, que poco me importó lo que hiciera para ganarse la vida. Mirándola de cerca, debía tener unos 27, y tal vez su edad la volvía despreocupada hacia su futuro profesional. Quizá necesitaba alguien que la guiara y animara a conseguir sus metas, una persona que le infundiera la confianza suficiente para lograr sus objetivos. Para eso nos habíamos conocido. Para empujarnos el uno al otro en este camino de tinieblas.

—¿Qué estás pensando? —me interrumpió.

—¿Yo? Nada —contesté sonriente—. ¿Quieres tomar un café?

—¿Por qué no? —dijo, y salimos juntos del lugar.

Capítulo 22

El mito del príncipe

Durante el mes de marzo, mis reuniones con Stephanie se hicieron más continuas. Ella siempre se aparecía con una nueva historia para amenizar nuestras conversaciones en el café cerca de su trabajo. Sabía encontrar la manera de despertarme de mi letargo y aliviarme del estrés que vivía en esos días. Su presencia me estaba cambiando la vida.

Tan cercanos nos volvimos que planeé pedirle que sea mi novia. Si las cosas continuaban así, el inicio de una relación podía llegar por cualquiera de las dos partes. Pues era notoria la confianza con la que Stephanie se dirigía a mí. No temía al rechazo.

Pero antes quería indagar un poco más de ella.

—¿Y Stephanie, hace cuánto estás sin enamorado —pregunté y sorbí rápidamente aquel jugo de aguaymanto.

—¿Yo? Pero qué curioso. ¿Por qué crees que estoy sola, ah? —contestó coquetamente.

—Porque si no, no salieras conmigo.

—Buen punto. Salía con un chico en la universidad, pero se acabó.

—¿Qué pasó?

—¿Quieres que te cuente sobre él? —me preguntó.

—Sí, por favor.

—Si así lo quieres —contestó—. Se llamaba Mario y era estudiante de odontología. Pero tenía unos amigos en mi facultad, a los que visitaba asiduamente. Un día, que yo llegaba apurada con unas fotocopias, me tropecé y se cayeron los papeles al suelo. En eso apareció él, los recogió rápidamente y me los entregó. No tuve tiempo para agradecerle, pues desapareció corriendo. Me dejó fascinada.

Después de eso, pasaron dos meses para que llegara a él. Traté en todo momento de no mostrarme interesada, disimular más bien indiferencia para captar su atención. Y funcionó. Se quedaba conmigo conversando y hasta venía con pretextos para verme.

Yo empecé a hacerme ilusiones. Era tan caballero, tan locuaz, tan simpático, que me tenía embelesada. Por ese tiempo, también empecé a saltarme las clases solo para disfrutar de su presencia.

Un día llegó pasada las seis, y me invitó a su casa a tomar unas copas. Me negué enseguida, pero no tardó en convencerme. Vamos, ahí van a estar mis papás, me dijo. Yo quise creerle. Tampoco quería que pensara que era una niña.

—¿Y fuiste con él?

—Sí, él vivía a unas cuadras de la universidad. Pero no pienses mal, no se aprovechó de mí. Me ofreció un poco de ron con Coca-Cola y nos pusimos a escuchar a Arjona.

—¿A Arjona?

—Sí, tenía todos sus discos —comentó sonriente—. En ese tiempo había lanzado *Galería Caribe*, y en la radio sonaba la canción «Solo quería un café», que hablaba de un encuentro inesperado con el amor. Ese sentimiento que me estaba embargando.

Esa tarde nos quedamos charlando hasta que llegó su padre.

—¿No que estaba arriba?

—Bueno, mintió. Pero se portó bien. Hasta me prestó un CD, el que estuve escuchando toda la semana.

—¿Y qué pasó después?

—Empezamos a vernos más seguido. Y sí, lo visité otras veces, con el pretexto de empaparme más de su discografía.

—¡Qué bandida!

—Una vez, mientras conversábamos, me dijo «A ver abre la boca. Quiero ver tus dientes». Me señaló sus piernas e invitó a colocar mi cabeza sobre ellas.

—¿Y te atreviste?

No, qué vergüenza.

Qué dices, Stephanie. Si tienes bonitos dientes.

No, qué roche.

Ya bueno, entonces, ¿por qué no te pruebas mi mandil? Estoy seguro de que te va a quedar bien.

Ay, no. Ahorita no.

—¿Acaso no te gustaba?

—Sí, pero es que… no sé qué me pasaba.

—¿No habías tenido enamorado antes?

—No.

—Entiendo.

—Después de eso, me dejó de buscar. Yo empecé a alarmarme y les pregunté a sus amigos por él, pero no me daban respuesta. Pasaron varias semanas y no se aparecía en la universidad y a mí me daban ganas de visitarlo.

—¿Y qué hiciste?

—Por casualidades del destino, Ricardo Arjona llegó a Lima.

—Le hubieras avisado para ir a su concierto.

—No era necesario, pensaba verlo ahí.

—¿Con tanta gente esperabas encontrarlo?

—Sí, y lo hallé. Estaba abrazando a otra chica.

—Oh, lo siento, Stephanie. ¿Qué pasó después? ¿Te reconoció?

—Para nada, estaba en otra. Permanecí en *shock* hasta que terminó el show y así, media zombi, regresé a casa.

A la semana, lo vi con otra persona y sus amigos. Él no se inmutó al cruzarse conmigo.

—Qué feo, Stephanie. Pero más bien te libraste de un jugador, mira que verlo con dos en un mes.

—Pero esto no termina ahí, porque días después me volví a cruzar con él y esta vez sí me saludó.

Hola, Steph.

Ah, hola.

¿Qué pasa? ¿Por qué tan fría?

¿Yo? ¿Contigo? Para nada.

Vamos, Stephanie. No sé por qué te portas así, si yo nunca te he ofrecido nada. ¿Acaso te he dicho para que seas mi enamorada?

No sé de qué me hablas.

No entiendo por qué te molestas si no te he hecho nada. Mírame, tengo 23 años. Si hubiera querido algo contigo, te lo hubiera dicho. ¿No crees?

¿Yo acaso…?

No sé por qué te has hecho ilusiones si yo no quiero nada contigo. Tú no me gustas.

¿Ah?

Mis amigos me empezaron a molestar «Ah, tú con Stephanie», y yo les dije «No pues, no sean malos».

—Qué cabrón.

—Traté de permanecer indolente, pero algo moría dentro de mí. Me deprimí horrible. Hasta comencé a engordar. Nunca nadie me había tratado de esa manera. Sobre todo, alguien que yo adoraba.

—No le hubieras hecho caso. Es un patán, no te merecía.

—Pasaron años para que recuperara mi autoestima.

—Ahora eres otra —afirmé.

—¿Tú cómo me ves? —me preguntó.

—Perfecta —le contesté—. No te apenes, solo fue una mala experiencia. Todos sufrimos alguna decepción. —La miré unos segundos, luego agregué—: Cuando comenzaste a contarme de él, pensé que tenía que ver con tu *ringtone*.

—No, esa es otra historia —me dijo sonriente.

—A ver, cuéntame. Soy todo oídos.

Capítulo 23

Celebración

El día que cumplieron su quinto mes de enamorados, Rolando pidió permiso en la oficina para recoger a Carmela de su trabajo y recibirla, como se merece, con un gran ramo de rosas.

Llegó a la puerta de la Universidad Católica cuando eran apenas las seis de la tarde y se detuvo varios minutos hasta que, por fin, vio salir a su amor. Ella corrió a abrazarlo y él le entregó su pequeño presente. Una muestra de mi afecto, le dijo. Ella sonrió dichosa y se alejaron del recinto con dirección a Plaza San Miguel.

Una vez acomodados en el restaurante, Carmela ordenó al mozo dos lasañas boloñesas y una botella de vino. Rolando recordó en ese instante que no era bueno con el trago y, mucho peor, un pollo para resistir el alcohol, pero no quiso desanimar a su novia. Fue así que mostró su cara de asco cuando dio el primer sorbo, y Carmela conoció por fin el sabor de la vergüenza.

Durante los cinco meses que duró su relación, Rolando se esmeró en comportarse a la altura de las circunstancias y evitó decepcionar a su pareja con cualquier pataleta inmadura, cuidó cada palabra que salía de su boca e imitó los ademanes de galán que había visto en las telenovelas brasileras. Si a ellos les resultaba, por qué a él no. Atendió mucho su apariencia y vestimenta, aprendió por Internet algunas reglas de etiqueta. Fue todo un caballero.

En ningún momento cuestionó las preferencias de su enamorada, ni la presionó para que asistiera a sus reuniones. Si en esos meses se estrenaba una película que le gustaba, se abstenía a mirarla en DVD. Anteponía la felicidad de su chica a la suya.

A diferencia de lo que pasó con Celia, Carmela nunca conoció su verdadero yo. Por eso, su actitud esa noche la sacó de cuadro. Horas antes, Rolando era lo que siempre había buscado, el hombre con el que quería pasar el resto de su vida. Amaba su inocencia y sonrisa de niño, y guardaba con cariño el cómic que hizo usando fotos de ella.

Los cimientos de ese amor eran tan frágiles como un castillo de naipes.

Pese a que no le gustaba, la sed llevó a Rolando a tomarse tres copas seguidas y animarse por la cuarta. Carmela pidió al mozo traer una segunda botella, pues se sentía conmovida por el evento. Se puso a contarle cómo había pasado el día, los proyectos que estaba desarrollando, lo feliz que la hacía estar allí. Su novio levantó los codos sobre la mesa, giró los cubiertos en un ángulo de 90 grados, bostezó y le dijo:

—Qué bueno, amor. ¿A qué hora nos vamos al hotel?

Ella lo miró extrañada, pero quiso creer que estaba bromeando. En fin, no debía ser tan dura, tal vez solo se encontraba cansado.

—Ay, ¡qué dices, amor! Claro que vamos a ir, pero espérate un rato. Disfrutemos de esta noche.

—Ta bien —dijo y engulló una buena porción de pasta con la boca abierta. Volvió a tomar otra copa de vino y se secó los labios con la camisa.

—Rolando, no sé si es demasiado pronto, pero quiero decirte que te amo —confesó Carmela como para salvar el momento.

—Yo también te amo, Celia. Te amo.

—¿Qué dijiste, idiota? ¡Mi nombre es Carmela! —exclamó alarmada. Se levantó furiosa de la mesa y lo señaló con la mano—: No te has olvidado de ella, ¿verdad? ¿Acaso he sido un juego?

—No, preciosa —se apuró a decir Rolando—. Me confundí al llamarte Celia.

Carmela le dio una cachetada. Él se tapó la cara con una mano y abrió la boca.

—¡Y vuelves a mencionarla, imbécil! ¡No te quiero volver a ver! ¡Lo nuestro se acabó! —Tiró las rosas y salió del lugar.

—¿Y no la seguiste? —pregunté.

—No, Néstor. El mozo no me dejó. Tenía que pagar la cuenta. ¡Eran como 300 soles!

—Asu, ¿pero fuiste preparado?

—Sí, pero siempre íbamos a medias. Tú sabes que no ganamos mucho.

Yo afirmé con la cabeza.

—¿Pero no la llamaste después para disculparte?

—No quiso responderme. Le estuve insistiendo toda esa noche, pero apagó su celular. Al día siguiente me percaté que me había borrado del hi5.

—¡Pucha! ¡Sí que estaba molesta! Lo siento, hermano. ¿Qué piensas hacer?

—Bueno, creo que es mejor que le dé su espacio. Ya habrá tiempo para conversar.

—¿Pero no crees que ella quiere que la busques, que estés detrás de ella?

—¡Naaa! —afirmó—. Eso ni siquiera hacía con Celia cuando nos peleábamos y siempre funcionaba. Y así duramos tres años.

—¡Y vuelves a meterla en la conversación! Creo que no la has olvidado.

—¿Néstor, acaso se puede dejar de amar de un día para otro? —me contestó con aire reflexivo. Fue ahí que me di cuenta de que estábamos en problemas.

Días después, mi amigo concentró toda su atención en el cierre de la revista y en sus ocasionales amigas virtuales. Con ellas se divertía parloteando sobre mascotas. Ya en ese tiempo había conseguido experiencia con el sexo opuesto y, por ello, en la mayoría de los casos era bien recibido. Al encontrarse suelto en plaza, Rolando optó por no comprometerse en sus siguientes citas y llevar la situación hasta donde la otra parte quisiera.

Esa estrategia empezó a ser muy efectiva.

Al mes de terminar con Carmela, conoció a Mercedes, la hermana de Jaime, un chico de su grupo de anime. La muchacha, que en su vida se sintió atraída por los dibujos, entabló una amistad con Rolando, amistad que dio origen a diversas invitaciones al cine y llamadas a medianoche. Mercedes, por entonces, estaba viviendo un mal momento familiar; por eso, la compañía de este hombre resultó favorable para ella y la hizo querer más. Mucho más. Sin pensarlo, Mercedes comenzó a tener sentimientos hacia él.

Jaime se percató de lo que estaba sucediendo y, de frente, soltó esta pregunta en el muro de mi amigo:

—Oye, *otaku*, ¿qué quieres con mi hermana?

Rolando no volvió a llamar a Mercedes.

Capítulo 24

El último enviado

—*Neon Genesis Evangelion* me recuerda a Salvador. Y Salvador me recuerda a *Neon Genesis Evangelion*. Lo conocí por Fátima, una socia del club Sugoi, con quien hice rápidamente amistad cuando tenía 16 años. Para ella, fue amor a primera vista. Para mí, solo un chico guapo y sobrado. Desde nuestras primeras conversaciones, me confió sus sentimientos. Es tan lindo. ¡No lo vayas a mirar! No, cómo se te ocurre. Mira, él se apellida De la Cuba. Si me casara con él, me llamaría Fátima Ramírez de la Cuba.

—Qué graciosa tu amiga —comentó Néstor.

—Sí, ella era muy original. La quería muchísimo —agregó Stephanie—. Fue la primera persona que, sin ser mi familia, me hizo sentir acogida.

—¿Y cómo era Salvador? —preguntó algo celoso.

—Blanco, de un metro setenta, cabello castaño oscuro, ojos marrones, labios delgados. Se vestía de manera parca pero pulcra. Solía llevar una chompa de hilo azul con botones y unos pantalones de algodón. Solo conversaba con Fátima, por eso me parecía creído.

—¿Así?

—A pesar de estar en el mismo grupo, nos tratábamos como extraños. Prácticamente me multiplicaba por cero. Yo me sentía una tonta siguiéndolos a él y sus amigos a la tienda de videojuegos al final de las reuniones, pero eso era un ritual en los noventa.

Una vez se apareció en la casa de ella cuando yo estaba de visita, y no me saludó. Se sentó casi a mi lado, pero no me dirigió la palabra. Solo hablaba con Fátima y yo parecía estar sobrando. Ella nos dejó un momento para alcanzarnos jugo de fresa con leche y unos mixtos. Nos quedamos solos, pero no hubo diálogo alguno.

—¿Y se volvieron enamorados Fátima y Salvador?

—No. Él pasó todo un año visitándola, llamándola, yendo a su cumpleaños, prestándole sus discos, pero nunca hubo una declaración. Cuando terminaron cuarto de media y empecé a prepararme para entrar a la universidad, las cosas cambiaron.

—¿Cómo así?

—En ese tiempo, Fátima conoció a Andrea, una trabajadora del club con quien empatizó al instante. Andrea solía mirar a los socios por encima del hombro y tratar a los que no eran de su círculo con desdén. Pero a Fátima la adoraba. Bueno, con sus amigas era casi una garrapata. Andrea no gustaba de Salvador. Para ella era un muchacho soso, que caminaba jorobado. El otro día casi se tropieza al salir del ascensor. Qué mongo, me comentó un día.

—Pucha, entonces le metió ideas a tu amiga.

—No lo sé, pero desde que la conoció ya no paraba tanto con nosotros. Eso permitió que nos acercáramos.

—¿Quiénes? ¿Salvador y tú?

—Sí. Es que en el club solía conversar con un pata de más de treinta años. La culpa fue mía por darle confianza. Nos habíamos encontrado en una fiesta de anime, en la que hice un *cosplay* de Lynn Minmei. No gané, pero él se quedó impresionado por lo corto de mi falda y desde ahí empezó a seguirme durante las reuniones.

Me avergonzaba la forma en que me miraba cada vez que nos cruzábamos, sobre todo, porque yo era menor de edad. Por eso, evitaba dejar mi sitio durante los intermedios de la función. Eso era bastante molesto, porque yo acostumbraba conversar con otros socios en esos minutos; y desde que dejé de hacerlo, nadie se acercaba. Pero fue ahí cuando noté a Salvador. Estaba cabizbajo con los brazos apoyados sobre sus rodillas y eso llamó mi atención. Te juro que no fue a propósito, fue algo que medité varios minutos. Hasta que finalmente me atreví a romper ese muro.

Él era un gran seguidor de *Evangelion* y yo había escuchado de la aparición de Kaworu Nagisa —prosiguió Stephanie—. Eso fue un pretexto para buscarle la conversación. Poco a poco, Salvador fue soltándose conmigo.

—¿Qué tanto?

—Bueno, comencé a tratarlo y notar lo gentil que era. En esos días yo postulaba a la universidad y se lo comenté. Y él apenas me vio en la reunión de marzo, se acercó a preguntarme qué tal me había ido. Había fallado, pero trataba de tomarlo a la ligera. Salvador, en cambio, se entristeció por mi fracaso. Esos detalles hicieron que me fuera encariñando con él, sobre todo porque una vez me salvó.

—¿De qué?

—Una tarde que llegué temprano a la función fui abordada por ese chico de treinta. La sala estaba casi vacía cuando él apareció. Yo había venido en short y eso hizo que pusiera atención en mis piernas. Asu, estás como ese día. Pero desde aquí se puede ver, me susurró. Te juro que me quedé paralizada.

—¡Se pasó ese tipo! ¿Y tú qué hiciste?

—Nada. En ese momento llegó Salvador y llamó mi atención. ¡Stephanie, hola! ¿Cómo estás? Yo volteé a verlo y él se puso a hablar y hablar no me acuerdo de qué. Lo que sí fue que logró espantarlo.

—Uff, qué suerte.

—Sí, yo no sabía qué decirle. Cuando me percaté que solo éramos Salvador y yo, quise correr hacia él. Pero el miedo de que Fátima nos encontrara fue más fuerte. Y me contuve observándolo a un metro de distancia, siempre quieto y reservado.

—¿No hiciste nada?

—No, pero al siguiente intermedio empecé a jugar con mi pelo mientras le hablaba y… —dijo lamiéndose los labios.

—A ver, repite.

—¡Oye, te pasas! —contestó Stephanie dándole una palmada en el brazo.

—¿Funcionó?

—No hasta el mes siguiente, que llegó más arreglado y se sentó a dos butacas cerca de mí.

—Tenía que chequearlo en AltaVista.

—Yo me sentía cada vez más encandilada, pero también insegura. Es que, a pesar de la atención que me entregaba, y que prácticamente comentaba la función conmigo, esa magia solo duraba seis horas al mes. Después se paraba y regresaba a su casa.

—¿Y Fátima?

—Bueno, nuestro comportamiento se hizo notorio para los demás integrantes del grupo; por eso, empezaron a fastidiarnos. José, el chico que se sentaba entre Salvador y yo, nos dijo maliciosamente un día si quieren les cambio de sitio, y los dos pusimos nuestros ojos como platos. En verdad lo deseaba, pero tenía un gran sentimiento de culpa. ¡Cómo me hubiera gustado que diera el primer paso!

—Pero él era demasiado tímido.

—Y eso llegó a un punto álgido la noche en que pasaron el episodio 24 de *Evangelion* y no paró de fregarme con el tema de que a Kaworu le gustaban los chicos.

¡Es gay!

¡No es cierto!

¡Cómo lo mira a Shinji!

¡Son solo amigos!

«Voy a hacer que no vi lo que acabo de ver».

—¿Qué?

—José hizo ese comentario. La última vez que le hablé, Salvador tenía medio cuerpo dirigido hacia mí y sus ojos confirmaron mi deseo. Giré al otro lado y encontré a Fátima aparentemente absorta con la serie o, quizás, ignorando nuestros coqueteos.

—¡Pobre!

—Me pasé todo un mes cavilando lo que haría con Salvador cuando lo viera, los pros y contras de llevar una relación y traicionar a Fátima, mi miedo al repudio de la gente. Pero él se encargó de bajarme de esa nube.

Solo me voy a quedar hasta que termine *Evangelion*.

¡Uy, tendremos que conseguirnos nuevos amigos!

—¿Eso le dijiste?

—Me agarró fría. Estaba algo turbada, por eso él empezó a hacerme la conversación. Y así llegó el día de la despedida. Esa tarde Fátima decidió sentarse con Andrea, pero yo sentí sus ojos toda la función. Tenía tantas ganas de abrazarlo, de pedirle que no se fuera. De darle mi teléfono.

¿Y no te gusta Karekano?

No, después de *Evangelion* ya no hay nada interesante en el club.

¿Ah, sí? ¿Y qué estás haciendo aquí…?

—¿Tanto te molestaste?

—Sí, él estuvo como una hora rogándome que lo escuchara, pero yo solo le decía que se fuera. Y así lo hizo.

—¿Y no lo volviste a ver?

—No.

—¿Y qué sucedió después?

—Al mes que Salvador se fue, conocimos a otros chicos que se unieron a nuestro grupo, y Fátima se sintió atraída por uno de ellos. Esta vez con la venia de Andrea.

—¡Qué volátil!

—Éramos dos muchachas inconclusas. Como me hubiera gustado que llegaran un mes antes, tal vez así nos hubiera dejado tranquilos. Pero no, tenía que quedarse con los dos. Sabes, anoche vino Salvador a mi casa y mi hermana se tiró encima de él, me dijo ella al oído.

—¿No la mataste?

—Para nada, fui yo quien le dejó el camino libre. ¿Pero tan rápido? Me sentí una idiota al estar esperándolo. Entonces, decidí concentrarme en ingresar a San Marcos. El día que postulé, Fátima me llamó preocupada y comentó que Salvador se apareció en Miraflores y le preguntó por mí.

—Ah, qué amable.

—Yo pensé lo mismo. No quise darle más vuelta al asunto para no hacerme ilusiones. Le había dicho que él también había ingresado a la Richi. Y así llegó la reunión de abril y, mientras veíamos la función, Andrea se acercó a Fátima para decirle «Salvador está abajo».

—¿Y no bajaste?

—Pensé que tenían algo y los nervios no me dejaron actuar. Me pasé varios minutos atormentada imaginándolos juntos hasta que anunciaron el intermedio y corrí a buscarlos. No los encontré. Salí del recinto, recorrí el jirón José Olaya, di una vuelta al parque Kennedy, luego al parque Central y regresé. Levanté el rostro y en un rincón estaba ella comiendo un helado. Me acerqué y me miró con fastidio. Quise hablarle, pero empezó a molestarse. Pensé en silencio que los había perdido a los dos.

Luego de eso, evité asistir al primer grupo y cruzármela. Cinco años después, ella me agregó al hi5. No hablamos mucho en ese tiempo. Yo tenía otras cosas en la cabeza. Ella seguro también. Pero retomamos contacto hace poco, que se casó con un extranjero.

—¿Fuiste a la boda? ¿Te encontraste con Salvador?

—No, él no estuvo invitado. Como ella lo tenía de contacto, pude ver su perfil. Había tenido una relación con una chica de su universidad, que parecía bastante extrovertida.

—Ah, mira.

—Le había colocado en su muro «Gracias por ser tu primera vez. Te quiero un huevo» —contó algo espantada.

—¿Que le puso en su muro que se lo comió? —Y Néstor volteó a mirarla—. Disculpa, Stephanie. ¿En serio?

—Cosas de chibolos.

—O sea, tenía a alguien.

—No en el tiempo en que se casó Fátima. Además, conversando con ella, la escuché decir «Ay Salvador y yo siempre nos gustamos, pero éramos muy tímidos».

—¿Que no llegaron a estar?

—¡No! Por eso aproveché para escribirle. Hola, soy Stephanie Márquez, amiga de Fátima Ramírez, del club Sugoi. ¿Recuerdas *Evangelion*? ¿Te acuerdas de mí? Yo no puedo olvidarme de ti.

—¿Y qué te respondió?

—Nada, ni siquiera aceptó mi invitación.

Capítulo 25

El perro del hortelano

El viernes 15 de junio celebramos el segundo aniversario de la revista. Ignacio se encontraba muy animado con la subida en las ventas y la llegada de nuevos auspiciadores, que decidió tirar la casa por la ventana. Por eso invitó a su personal a comer.

—Chicos, pidan lo que quieran —dijo.

Ese desborde de entusiasmo era sabido por todos en la empresa. Cada vez que firmaba contrato con una marca grande, lo primero que hacía era destapar una botella de whisky y amanecerse comprando por Internet todos los aparatos electrónicos posibles. Luego venía la culpa y el remordimiento, el no saber en qué lugar colocarlo. Por eso, esas alzas en tiraje no indicaban que nuestra publicación se convirtiera en un producto rentable ni mucho menos que hubiera utilidades a fin de año. Por otro lado, cuando la pauta de la revista no resultaba atractiva para ningún anunciante, no había quién controlara su malhumor: caminaba de una esquina a otra, fumaba descontroladamente, llamaba a su contador y se encerraba con él por largas horas.

Como ya lo conocíamos, optamos por un cuarto de pollo a la brasa para cada uno.

—¡Ay, chicos, qué cortos se quedaron! Bueno, ordenaré también unas bebidas.

Esa tarde departimos a gusto con mis compañeros recordando anécdotas de los primeros números. Estando todos juntos, como la familia editorial que éramos, se me olvidó la cólera que le tenía a George y hasta me pareció agradable. Ada también se notaba bastante contenta y lucía un mejor semblante que semanas pasadas. Rolando debió notarlo, pues se acercó a ella al final de la reunión y le susurró algo al oído.

Ella volteó a mirarlo, pero no se apartó. Por el contrario, se despidió de los presentes y salió del restaurante.

Rolando fue detrás de ella.

¡Demonios, qué tiene en la cabeza!, pensé y los aguaité desde la ventana. Se encontraron en la esquina y se fueron juntos.

Esperé hasta el lunes para preguntarle a Rolando qué había sucedido, pero fui requerido por Ignacio, quien me agendó una reunión con el gerente de una compañía, que quería que le diseñe su anuncio. Estuve varias horas exponiéndole propuestas hasta dar con la indicada y cerrar el trato. Al salir, mi jefe me miró orgulloso y me abrió la puerta de su auto. Yo también me sentía dichoso de ser partícipe de nuevas decisiones en la empresa.

Llegamos a la oficina al promediar las dos de la tarde y encontré a Rolando ocupado en una portada. Me puse a conversar con él sobre esta y aguardé que fueran las seis.

—¿Y qué onda con Ada? —pregunté al fin cuando éramos solo los dos quienes quedaban en la sala.

—¿Con Ada? Nada. ¿De qué hablas? —me respondió.

—Oh, no seas conchudo, si te fuiste con ella después de la cena.

—¡Shh! Alguien nos puede escuchar.

—No hay nadie, todos se han ido.

—Bueno, hablamos un rato. Pero tranquilo.

—¿Seguro no pasó nada? —pregunté metiéndole un codazo—. ¿No estarás dándole esperanzas?

—¡Por Dios, Néstor, cómo te pones! ¿Acaso ha sido tu flaca?

—¿Qué le has hecho?

—Nada, solo conversamos. Bueno, pasó otra vez.

—¿Te acostaste con ella?

—¡Sí! Es que me dejé llevar por el momento.

—¿Por qué haces esto? —dije decepcionado—. ¿Acaso piensas ir en serio?

—¿En serio? Claro que no. Es complicado, Néstor, hace dos meses acabé una relación. Y no me siento con ánimo para comprometer mis sentimientos.

—¿Comprometer tu qué? ¿De qué hablas, huevón?

—Estoy en una situación difícil. Es cierto, me gusta Ada y me dio ganas de estar con ella. Pero el sábado recibí la llamada de Carmela. Me pidió que conversemos y nos encontramos en un café. Me contó que la había pasado muy mal después de terminar conmigo, que había caído en depresión y tuvo que ir a terapia. Me dijo que tal vez ella exageró las cosas, que no quería acabar de esa manera, que aunque sea fuéramos amigos.

—¿Y tú qué le dijiste?

—Que yo encantado. Que si por mí fuera lo intentaría otra vez.

—¿Y ella quiere?

—Piensa que es mejor que nos demos un tiempo. Hoy día justo se fue a República Dominicana de vacaciones. Dice que necesita nuevos aires para pensar en lo nuestro.

—Asu, parece que la flechaste.

—Y ella a mí. Es que me enamoro demasiado rápido.

Me quedé unos minutos absorto en mis pensamientos. Tratando de comprender la mentalidad de mi amigo, su forma de actuar, el grado de irresponsabilidad con el que se desenvolvía, cuando escuchamos sonar el *ringtone* de su teléfono. Él sacó el aparato y miró el número. Hizo un gesto de sorpresa y contestó:

—Aló.

—Aló, Rolando. Soy Celia —dijo la voz al otro lado del teléfono.

—Sí, lo sé. ¿De dónde me llamas? ¿Estás en Lima?

—No, sigo en España. Tenía ganas de escuchar tu voz.

Él se quedó en silencio.

—Estos días me he acordado mucho de ti. Solo quería decirte que he estado pensando en lo nuestro —prosiguió Celia—. Espero que estés bien. Adiós.

—Adiós —dijo él y colgó el móvil. Me miró y comentó con odio—: Pero ¿qué se ha creído esa perra?

Capítulo 26

Rosas rojas

Mientras Sonia esperaba la visita de Henry, este salía a divertirse con Karen. Cada fin de semana, uno llamaba al otro y se encontraban en el Rincón Cervecero. Ahí pasaban el tiempo conversando y después él la dejaba en su casa. Algunas noches la llevaba a comer.

Ante tanta indiferencia, Sonia decidió regresar a la oficina y buscó la primera oportunidad para encarar a Henry.

—Henry, ¿podemos hablar?

En otra circunstancia, Sonia hubiera sido más cuidadosa y llevado a Henry a un sitio más alejado. Pero estaba demasiado enojada que poco le importó interrogarlo en la puerta del trabajo.

—¿Por qué no me has llamado? —preguntó furiosa.

—*Sorry*, pensé querías tomarte tu tiempo —le contestó.

—¿Para qué? ¿Acaso no estamos juntos?

—No, claro que no, Sonia. Yo creí que no estabas yendo en serio.

—¡Pero si hemos viajado juntos! Además, yo a ti… —dijo levantando los puños para golpearlo.

—Lo siento, creí que no querías nada conmigo —respondió después de dejarse pegar—. Hay algo que tengo que contarte.

—¿Qué cosa?

—Estoy enamorado de Karen.

Sonia se quedó petrificada. Henry no se percató de esa reacción y siguió con su discurso.

—Ella volvió a hablarme, justo después de que te fuiste. Y hemos estado viéndonos desde esa fecha.

Sonia avanzó hacia la oficina de Ignacio y se quedó allí hasta finalizar el día. Luego de eso, no volvió a molestar a Henry.

Como buena perdedora, en ningún momento le hizo problemas a su amiga. Todo lo contrario, la trató con la misma deferencia.

Henry no vio problemas en ello y las invitó a las dos a cenar en Lince. Ya en el local, se sentaron una frente a la otra.

—¿Y qué nuevos videos te has comprado? —preguntó Karen queriendo romper el hielo.

—Pocos, lo último que vi fue *Weiß Kreuz Glühen* —contestó Sonia.

—¿*Glühen?* ¿Es la segunda parte de *Weiß?*

—Más bien, una secuela. Pero con un nuevo diseño de personajes.

—¿Y qué tal?

—Prefiero la original.

El anime era el tema preferido de Sonia. Si por ella fuera, podía quedarse hablando de eso todo el día. Si su interlocutor no se lo impidiera. O acaso un hombre que empezó a desesperarse de tanto escuchar la palabra *bishonen*.

—¿No podríamos cambiar de tema? —interrumpió Henry.

—¿De qué quieres conversar, dime? —le interrogó Sonia.

—De nada especial, solo disfrutemos de la noche —dijo sonriente y miró a Karen, que estaba al lado suyo—. Yo me podría quedar en silencio si pudiera.

Y mientras decía eso, comenzó a jugar con el pelo de Karen.

A la mañana siguiente, Sonia presentó su carta de renuncia.

Capítulo 27

La tapadera

—Rolando, te preparé el almuerzo —dijo Ada, mostrándole un táper de plástico. Él la miró extrañado y le respondió:

—¿Tú me has cocinado?

Eran la una y media de la tarde y, para suerte suya, la mayoría de sus compañeros habían salido a almorzar. Rolando se había quedado esperando a Néstor, que había salido nuevamente con Ignacio.

—¿No quieres? —preguntó la niña.

—¡Sí, dame! —contestó y cogió el envase. Fue hasta el microondas y lo calentó. Volteó a mirarla. Ella se había acercado también.

—¡Qué bueno! ¡Comamos juntos!

Esas comidas se repitieron durante la semana. Sin que nadie se diera cuenta, él se quedaba a trabajar y esperaba a que ella le sirviera su plato. Era fácil dejarse engreír por esas atenciones sin reparar que no tuvieran un propósito. Total, después de esa noche, Ada no le había insistido.

Cuando llegó el viernes, Rolando recibió un mensaje de Carmela. Había regresado a Lima y tenía ganas de verlo. Él se alegró mucho y acordaron verse ese mismo día en el cruce de la avenida Aviación y Javier Prado.

Por eso, al dar las seis de la tarde, el joven entró al baño a arreglarse y salió despidiendo perfume.

Pero no iba solo: Ada lo aguardaba en una esquina.

—¿Qué haces aquí? —le dijo asustado.

—Pensé que podíamos hablar.

—No, tengo una reunión —respondió Rolando, que continuó caminando.

Ada le siguió el paso.

—Creo que tenemos algo pendiente.

—¿Tú y yo?

—Sí, de lo que pasa entre nosotros. —Rolando sintió una corriente fría por la nuca. Ya estaban a unos metros del lugar.

—¿Entre nosotros?

—Claro, de lo que sucedió esa vez. Ya es momento de que aclaremos.

Rolando cruzó la avenida Javier Prado con Ada a su lado. Al llegar a la acera, la miró a los ojos y le dijo:

—Te llamaré mañana para quedar. Ahora no puedo.

—¿Por qué?

—Después te digo. No cruces, por favor. —Pidió y regresó por donde vino. Al volverse, encontró a Carmela, que lo miraba furiosa.

—¡¿Quién es esa chatita?!

—¿Y qué más pasó? —preguntó Néstor.

—Fue horrible —contestó Rolando poniendo el iris hacia arriba—. Estuvo hablando de Ada toda la noche. Me agrió la cena.

—¿Qué decía?

—¡Cuántas ganas tenía de dejarte! ¿Cómo pudiste pasar de frente? ¡Y por esa chatita! —chilló imitándola—. Me dijo que estaba muy decepcionada, que siempre esperó lo mejor de mí. Que cuando me conoció pensó que sería el hombre con el que pasaría el resto de su vida.

—Qué carácter. No pensé que fuera tan insegura.

—¿Qué concepto tendrá ahora? Ella es muy depresiva, seguro ya le ha contado a su psiquiatra. ¡Pobre, con lo ilusionada que estaba con retomar lo nuestro!

—¿Y qué le dijiste a Ada? Se supone que ibas a hablar con ella.

—Le conté que iba a reunirme con mi ex, que por eso la dejé.

—¿Y qué te respondió?

—Quiere que tengamos algo serio.

—¿Y qué le has dicho?

—Que desde que terminé con Celia no he podido sentir lo mismo por otra mujer. Que no podía engañarla. Que en este momento quería tiempo para mí. Que ahora era de todas.

—¿De todas?

—De todas las flacas, pues. Sin exclusividad.

—¡Ah, mira! ¿Y te creyó?

—No mucho, me insistió para salir otra vez.

—¿Y qué le respondiste?

Rolando miró hacia los dos lados y se acercó.

—Néstor, soy hombre. Tengo que aprovechar.

Dentro de su habitación, Ada contaba las horas para verse con Rolando. No sabía si daría resultado, pero sentía que debía intentarlo: tenía que conquistarlo a toda costa. Hacer lo que fuera para que la acepte y tengan una relación. Al menos debía intentarlo.

Esa tarde revisó su hi5 y se percató de que tanto Celia como Carmela habían revisado su perfil. Reconoció en ese momento a sus dos rivales; una más exitosa que la otra, cada una con experiencias diferentes. Solo podía ganarles en lo bonita.

La que se fue a Barranco perdió su banco, pensó mientras observaba sus fotos. Buscó rápidamente la página de Rolando y encontró comentarios de Celia dejados hace pocos días. En una de las fotos de él con su gato había escrito «Cómo olvidarlo».

—¡Está marcando su territorio! —exclamó.

Horas después, mientras Rolando se vestía, Ada le preguntó:

—¿Por qué no has borrado los mensajes de tu ex?

—¿Cuáles?

—Los que te ha dejado en hi5.

—Ah, esos, no sé cómo borrarlos. —Mintió, pues en otras ocasiones Ada se dio cuenta de que era falso.

—¿Te has comunicado con ella?

—Una vez me llamó, pero después no supe nada. ¿Por qué quieres saber?

—¿Acaso no somos amigos?

Rolando soltó una risa tonta.

—Hace unas semanas vino a mi casa una compañera suya de La Agraria para que la ayude con un *brochure*. Y mientras hacía el trabajo, ella me preguntó si seguía enamorado de Celia; yo le dije que sí.

Ada lo observó extrañada.

—¿No pensaste que se lo contaría?

Capítulo 28

The Blower's Daughter

Como era una chica discreta, Sonia renunció sin dar mayores explicaciones. No pidió una reunión de despedida ni ningún beneficio adicional. Recibió su liquidación y agradeció a Ignacio, quien empezaba a tenerle aprecio.

—Si quieres, te puedo escribir una carta de recomendación —le ofreció.

—No te preocupes, adonde voy no la necesito.

Por Ada nos enteramos de que entró a trabajar en la tienda de anime de un amigo. Como era una chica discreta, Sonia no compartió con su nuevo jefe el motivo que la obligó a cambiar de empleo. No se lo dijo a nadie. Ni siquiera a una amiga. Sin embargo, como si fuera una llamada de auxilio, dejó en su estado de Messenger el siguiente lema:

Cómo odio sentir 🌧 tanto odio 🌧

Nadie se animó a preguntarle.

Karen Llerena era una chica educada y de buenos modales. Comía de forma moderada y fumaba diariamente. No se le escuchaba decir malas palabras ni tener arrebatos de niña malcriada. Era, ante los ojos de los otros, una señorita.

Y como señorita, guardó sus pensamientos esa noche frente a Henry y su amiga. Calló mientras él la acariciaba. No hizo ningún escándalo y tomó un taxi al terminar la velada.

Solamente al día siguiente, llamó al joven para reclamarle:

—Aló —respondió contento al otro lado del teléfono.

—Aló, Henry. Soy Karen.

—¡Hola, Karen! —dijo animado—. ¿Cómo estás?

—Un poco fastidiada. Henry, no me pareció bien que cogieras mi cabello frente a Sonia. No me gusta que tengas esas confianzas.

—¿Por qué no? —preguntó.

—Porque no somos nada. Solo hemos salido como amigos.

Henry no se amilanó por esa respuesta. Le pidió disculpas y la volvió a invitar al cine.

El 4 de mayo, día del cumpleaños de Karen, fueron con Ada a un café. Esa noche, aparecieron unos tunos para amenizar la tertulia.

Henry se encontraba tan extasiado, que pidió una botella de champán para celebrar el onomástico de su querida compañera y pagó a los músicos para que cantaran «Las mañanitas».

Karen se reía abochornada por tanto cariño. Ada los miró con cautela, mientras probaba la torta de chocolate que acababa de llegar a su mesa.

Minutos más tarde, Henry sacó de su maletín una bolsa de regalo y se la entregó a la dueña del santo.

—Espero que te guste —dijo.

—Gracias, qué lindo —contestó ella y descubrió el presente—. *¡Las crónicas de Narnia!* ¡Los siete tomos!

—Sí —sonrió Henry—. Para que no te pierdas toda la historia.

—¡Te pasaste! —dijo y se acercó a darle un beso en la mejilla.

Los tunos se animaron a dedicarle una canción a la pareja. Ambos se miraron felices.

Capítulo 29

Un mundo de tinieblas

—Rolando, ¿has jugado *Vampiro*? —le pregunté mientras almorzábamos en la oficina.

—Por supuesto, incluso he sido máster.

—¡Qué chévere! Entonces, ¿puedes unirte a nuestro grupo? El chico que moderaba se ha salido por estudios.

—Claro. Vengan a mi casa, si quieren. Tengo un cuarto vacío que puede servir.

—¿De verdad? ¡A los demás les encantará la idea!

—¿Qué van a jugar? —interrumpió Ada, que llegó con su táper y se sentó al lado de Rolando.

—Un juego de rol llamado *Vampiro* —contesté.

—¿Y tú vas a meterte? —le preguntó a Rolando, quien me miró con odio. En ese momento deseé que me tragara la tierra.

—Ajá —dijo el joven.

—¡Ay, yo también quiero! ¿Puedo, puedo? —exclamó Ada.

—¿Sabes qué es un juego de rol, en primer lugar? —dijo Rolando, que hablaba con la boca llena.

—¡No! ¡Pero puedo aprender! —se apresuró a responder—. ¿Puedo jugar con ustedes? —me preguntó dulcemente.

—¡Sí, no te preocupes! —respondí de inmediato—. Te ayudaré si es necesario.

—¡Gracias! —me dijo sonriente—. ¿Y cuándo empezamos?

El siguiente domingo estábamos reunidos Susy, Ernesto, Stephanie, Rolando, Ada y yo, con dos compañeros más llamados Sergio y Manolo. Para nuestra suerte, Rolando contaba con los manuales y se nos hizo fácil ponerlo al día en la historia.

—Ada, te los presento. Nosotros somos miembros de La Camarilla, que es una de las alianzas que hay en el juego. Susy es del clan Toreador; Ernesto, su novio, es un Malkavian; Stephanie, una Tremere; Sergio es Nosferatu; Manolo es Brujah; y yo, un Ventrue.

—¿Y qué personaje elijo? —preguntó ella.

—Sé también un Ventrue. Así podré ayudarte.

—¿Es tu chica? —dijo Susy.

—¡No! ¡Trabaja conmigo! —contesté de inmediato mirando a Stephanie, que se encontraba calmada—. Es que es nueva en el rol.

—Si quieres, te puedo enseñar —le dijo Sergio a Ada. Agrégame al Messenger y hablamos.

—Bueno, gracias —le respondió ella.

Rolando volteó a verlo desconfiado, pero no hizo ningún comentario. Nos pusimos a jugar, y cinco horas después regresamos a nuestras casas.

—¿Y qué te pareció, Ada? —le pregunté mientras nos dirigíamos al paradero.

—Chévere, pero hay reglas que debo aprender.

—No te preocupes, poco a poco.

Ada fue la primera en tomar el bus; por eso, aproveché la oportunidad para acercarme a Stephanie.

—¿Te acompaño? —le dije.

—Ya pues. Bien callada tu amiga —me comentó.

—Ada es así, pero cuando te conozca se va a soltar.

—Sí, seguro —me dijo y la observé con curiosidad, como queriendo encontrar en su respuesta algún atisbo de celos.

—*Goujojin-sama, ii desuka? Kimoshii desuka?* —le preguntó Ada a Rolando mientras frotaba sus senos contra la espalda de él dentro de la tina. Rolando respondió afirmativamente, y volteó para abalanzarse sobre ella. Estuvieron tonteando un rato. Luego, él bajó la cabeza y empezó a hacer bombitas con el agua. Ada lo miró sonriente y dijo:

—¿Estuviste con ella porque era negra?

—Sí —confesó.

—¿Y yo?

—Tú no necesitas color de piel para gustarme —contestó y se acercó para besarla.

Una hora después, cobijados en la cama, Ada volvió al tema del juego:

—¿Ya los conocías a los amigos de Néstor?

—De vista, pero él me había hablado de ellos.

—A Susy como que no le caí bien —comentó la niña.

—¿Te parece? Debe ser porque eres nueva —dijo acariciándole la cabeza—. Néstor me contó que no se lleva bien con Ernesto, que a cada rato le termina, pero él le pide para volver y siempre acaba convenciéndola.

—¿De verdad?

—Es que, según Néstor, de quien está realmente enamorada es de Gianfranco, el mejor amigo de Ernesto. Dice que un día se besaron Gianfranco y Susy, pero después Ernesto vino a su casa a rogarle que retomaran su relación. Así que, cuando Gianfranco fue a buscarla, ella le tuvo que contar que había accedido a sus súplicas, y él decepcionado se metió con otra.

—Asu, pobre Susy.

—Sí, se deprimió horrible, pues lo tenía en su hi5 y se ha ganado varias veces con las fotos de él y su pareja. Y ha tenido que hacerse la loca cuando Ernesto le hablaba de Gianfranco. Debía callar porque no quería romperle el corazón, pero se sentía mal porque no era feliz. Creo que

Gianfranco se está enamorando de esa chica, y eso es lo que a Susy más le duele.

—¡Qué terrible! —dijo Ada, que se acercó más a Rolando.

—Sí, debe ser horrible tener que renunciar a la persona que amas —contestó él, mientras la abrazaba.

Al día siguiente, Rolando concertó una cita con una mujer que conoció por Internet.

Capítulo 30

La ley del karma

Karen empezaba a escribir su monografía en casa de Alicia cuando oyó el *tukutín* de Messenger, y descubrió un mensaje de Henry: «Hola, ¿qué haciendo?». Se detuvo a responderlo, pero fue sorprendida por su amiga.

—¡Asu! ¡No me habías contado que tenías novio!

—¡Es solo un amigo! —respondió tajante Karen.

—Uuuuh —dijo Alicia mirando el avatar del chico—. Pero cómo que está un poco mayor para ti. Debe tener más de 30.

—Algo así, pero no tenemos nada.

—¿Y a qué se dedica el tal Henry?

—Trabaja conmigo como técnico de sistemas, pero ahora está estudiando en la UPC.

—¿En el programa EPE?

—Así es.

—¡Qué chiquito es el mundo! Mi hermana también está metida en eso. Voy a llamarla —exclamó la joven, que salió a la puerta de su cuarto—. ¡Paula, ven un rato!

—¿Qué pasa? —preguntó Paula caminando hacia donde estaban las dos jóvenes.

—¿Conoces en tu curso a un tal Henry? —dijo Alicia.

—¿Henry Cabezas?

Alicia miró a Karen. Ella contestó afirmativamente.

—Sí, Henry Cabezas.

—Claro, es un amigo. ¿No me digas que tú eres Karen, la secretaria? —preguntó Paula sorprendida.

—¿Te ha hablado de mí? —dijo Karen.

—¡Por Dios, qué chiquito es el mundo! ¡Eres tú la famosa Karen! —contestó emocionada—. Henry no para de hablar de ti. Pensé que no existías.

—Qué vergüenza, qué te habrá dicho de mí —dijo ruborizándose—. Nosotros solo somos amigos.

—¿Amigos? ¿No llevan saliendo desde enero? ¡Pensé que ya se habían besado!

—¡No! —dijo Karen sobresaltándose—. ¡Entre Henry y yo no ha pasado nada!

—¿Que acaso no te gusta? —preguntó curiosa Alicia.

—No, para nada.

—Pero si salen todas las semanas. Es muy raro que eso suceda entre dos personas que no quieran algo más —dijo Paula.

—No sé a qué te refieres —contestó Karen fingiendo inocencia—. ¿Acaso no puede existir la amistad entre un hombre y una mujer?

Karen no pudo dormir toda esa semana pensando en lo ocurrido. Paula la había mirado con desconfianza, como viendo en ella a una víbora que se había aprovechado de Henry. Y si sigo saliendo con él, no me va a querer ver la cara, pensaba. ¿Pero qué hago? No creí que se estuviera ilusionando otra vez. Debo salir de esto ya.

¿Pero cómo?

Se encontró dándole vueltas al asunto incluso en clases, hasta que tuvo una idea.

Al llegar el viernes, pidió permiso a Ignacio para faltar y llamó, horas más tarde, a Henry:

—Aló, Henry. Soy Karen. ¿No quieres ir a tomar un café?

—Aló, Karen. ¿Qué pasó? ¿Por qué no has venido?

—Luego te explico. ¿Puedes?

—Claro, dime dónde nos encontramos.

A las ocho de la noche, Henry se apareció en un establecimiento de la calle Las Begonias.

—Perdona que te haya citado tan lejos. Es que no quería que nadie de la oficina nos viera.

—¿Qué pasó? —dijo Henry, sentándose frente a Karen—. ¿Quieres algo o buscamos otro sitio?

—No, hablemos aquí. Te he comprado un café —contestó ofreciéndole la bebida.

—Gracias. Está calientito —dijo sonriente.

—Qué bueno. —Karen se acercó un poco hacia él y le tocó la mano—. Creo que necesitamos aclarar algo.

—¿Nosotros? —preguntó emocionado Henry—. Oh, yo no quería presionarte…

—Henry, no sé qué estás pensando, pero yo no estoy enamorada de ti. No sé por qué estás hablando de mí con la gente de la UPC —dijo muy seria—. Hay una chica Paula, hermana de una amiga, que ahora me odia porque piensa que estoy jugando contigo.

—¿Jugando conmigo? ¡Yo no he dicho eso!

—Dice que tú le has contado que estamos saliendo desde hace seis meses.

—¿Pero no es cierto?

—¡Como patas! ¿Acaso yo te he dicho para estar?

—¡Estaba esperando que las cosas fluyeran!

—¿Qué va a fluir? —respondió contrariada—. Si tú no me gustas. Yo no te veo como hombre.

Henry se quedó pasmado y la miró suplicante.

—¿Qué tengo de malo? ¿No me visto bien acaso? ¿No ves que he mejorado?

—Sí, pero eres muy mayor para mí. Además, ¡no eres mi tipo! Perdona si soy dura, pero tú has sido bueno conmigo y mereces que sea honesta. Aunque duela.

—¿Aunque duela? —contestó Henry—. Yo pensé que querías darte el tiempo de conocerme mejor, y por eso me llamabas para salir.

—¡Te llamaba porque me caes bien! ¡Me caes muy bien! ¡Pero solo como amigo! Y uno no se enamora de un amigo.

—¿Y recién ahora me lo dices?

—*Sorry*, creo que no medí las consecuencias. Por eso voy a alejarme de ti. Renunciaré a la revista —afirmó.

—No te preocupes —le contestó resoluto Henry—. Tú no te irás a ninguna parte. El que se va soy yo.

Capítulo 31

La confesión

—¿No te dije que no te metieras con Karen? —dijo Ada mientras sobaba la cabeza de su amigo, que se encontraba reclinado sobre su hombro.

—Lo sé, fui un tonto —contestó Henry—. Estaba enamorado. Quería creer que lo nuestro podía funcionar.

Ada lo miró complaciente. Él prosiguió:

—Habíamos llegado a entendernos. Ella se había abierto a mí y me había mostrado que era una chica con la que se podía conversar de cualquier tema. Nos llevábamos muy bien, podíamos estar en un bar hablando por horas. No sé por qué ahora me dice que no quiere nada conmigo.

—Después de seis meses…

—Sí, ¿tanto se demoró en darse cuenta? Yo ya lo daba por sentado.

Por esos días de julio, Ada se dedicó a acompañar a su amigo. Eso distrajo su atención hacia Rolando.

—¿Y qué piensas hacer? ¿Estás buscando trabajo?

—Aún no. No tengo ánimos para nada.

—No te puedes quedar así.

—Tengo unos ahorros… Pero tienes razón, ya van dos semanas. Preguntaré a mis contactos si me pueden recomendar en un sitio.

—¡Buena idea!

—Los chicos de la UPC piensan que Karen es una zorra. Me han dicho que me olvide de ella, que hay mejores —dijo compungido—. Pero yo no quiero estar con nadie. Yo la amo. La amo.

Ada siguió acariciándole la cabeza mientras estaban en el parque.

—Ayer la llamé —confesó el joven—. Me dijo «Aló» y yo le respondí «Karen, yo sé que tú no me quieres, pero tengo que decirte que yo te amo, te amo. Y eso nadie lo puede cambiar». Y colgué.

—¿Por qué hiciste eso?

—Porque quise hacerlo. ¿Cómo está ella? ¿Te ha preguntado por mí?

—Bueno, la verdad no hemos hablado mucho. No me he querido acercar, ella sabe que somos amigos.

—Sí, ¿pero está bien? ¿Tú cómo la ves?

—¿Yo? La veo preocupada. —Mintió Ada.

La víspera del cumpleaños de Susy, se reunieron para jugar rol en casa de Rolando. Ada llegó una hora antes a preparar unos sándwiches de pollo y bocaditos para acompañar la torta que traería Ernesto. Ya durante la sesión, la joven notó que Rolando la guio en cada movimiento. Él la llamó para que se sentara a su lado y la orientó cuando tenía que tirar los dados. Néstor los observó con atención.

En eso se escuchó el *ringtone* del celular de Rolando. Él cogió su móvil y colgó de inmediato. Así sucedió cuatro veces hasta que dijo «Ya fue, ya sé para qué me llama».

Nadie en la sala se animó a preguntarle, ni siquiera Ada, que lo miraba nerviosa.

Cuando se hizo de noche, trajeron la torta y cantaron «Happy birthday». Se detuvieron unos minutos para disfrutar del postre y conversar. Luego de eso, Ada se metió a la cocina a lavar los platos.

—¿Por qué estás aquí solita? —le dijo al verla la mamá de Rolando.

—Ah, buenas noches, señora. Estaba limpiando unas cosas —contestó la muchacha.

—Buenas noches. ¡Estos se pasan! ¡Te mandan a hacer todo!

—No, no es verdad. Lo hago porque me gusta.

—Ah, a ti te gusta servir.

—Bueno, no tanto eso.

Ada acomodó la vajilla en el repostero y se sentó frente a la mujer. Ella empezó a contarle de sus hijos, de que ellos no sabían mucho de cocina, que eran eticosos con la comida, que solo probaban carne trozada y parte pecho, nada de huesos, pescado blanco sin espinas, puré, tallarín solamente al pesto. Que se morirían de hambre si vivieran solos. Que Rolando solo sabía preparar panqueques.

—Tú haces unos postres bien ricos —acotó la señora—. Me acuerdo de que la otra vez trajiste un pie de limón.

Ada se ruborizó.

—Mi hijo se deprimió muchísimo después de que terminó con Celia —continuó—. Incluso estuvo visitando su casa porque su mamá le hacía una crema de sábila para la piel. Pero ha dejado de ir desde hace un mes y me ha dicho que no quiere saber más de ella.

A la mañana siguiente, Ada fue de visita al centro comercial. Ahí encontró a Sonia, que se despedía de unos clientes.

—¡Hola! ¿Qué tal la chamba?

—Hola, Ada. Bien, relajada.

—¡Qué bueno! ¿Tienes algo nuevo que ofrecerme? —dijo mientras revisaba los catálogos de videos. Sonia le habló de algunas series que estaban dando que hablar entre los *otakus*, y le dio algunas recomendaciones para su compra. Estuvieron conversando de anime como media hora hasta que la gata cymric preguntó:

—¿Y cómo están los chicos?

—Bien, todos están igualitos.

—¿Y Henry, por qué no vino contigo? ¿No le avisaste que vendrías a verme?

—No, es que no se encuentra bien.

—¿Qué pasó? ¿Está enfermo?

—Algo, está deprimido por Karen. Ella volvió a chotearlo y esta vez para siempre.

—Oh.

—Pobre —comentó indignada—. Solo ha jugado con él.

—¡Pues se lo merece! —afirmó Sonia dejando sorprendida a su amiga.

Capítulo 32

El pequeño Taradino

—Lo prometido es deuda —dijo Ernesto poniendo el DVD en el reproductor. Esa tarde, Néstor y sus amigos interrumpieron la sesión de *Vampiro* para observar el cortometraje del que tanto habían escuchado hablar esos meses. Se trataba de un proyecto *freak* más de Ernesto, quien junto con algunos compañeros de comunicaciones de la PUCP hicieron para un curso de cine.

—¿Ese no es Gianfranco? —preguntó Sergio, que reconoció al joven.

—Sí, es él. Es muy gracioso —contestó Ernesto.

—¿No había problema de que él fuera de otra facu? —dijo Néstor.

—Ninguno.

—¡Y se desenvuelve muy bien! —acotó Susy, que recibió una mirada furtiva de Sergio y Manolo. Ella no pareció inmutarse.

—Tienes razón —dijo Ernesto, que aplaudía todo lo que afirmaba su enamorada—. Si no le va bien como profesor de geografía, podría dedicarse a la actuación.

—¿Ya empezó a dictar? —preguntó Néstor.

—Sí, desde este mes en una academia —respondió Susy—. Aunque le está costando adaptarse a los alumnos, pero qué se hace, ya está por acabar la carrera.

—Debería jugar con nosotros —acotó Ada, quien quería participar en la conversación.

—No creo que pueda —dijo fríamente Susy—. Anda muy pegado a su novia como para dejarla el fin de semana.

Nadie agregó ni una palabra. Terminaron de ver el film y se sorprendieron con la cantidad de referencias a directores que aparecieron al final de la cinta. Luego de eso, pidieron una pizza y reanudaron el juego de rol.

Días después, mientras estaba en su casa, Ada pensó que sería bueno enviarle un correo a Ernesto felicitándolo por su proyecto.

> From: princesadelashadas@hotmail.com
> To: stanley.kubrick85@gmail.com
> Subject: hola
> Date: Mon, 16 Jul 2007 22:51:06 +0000
>
> Hola, Ernesto:
> ¿Qué tal? Soy Ada, del grupo de rol. Tenía tu correo por las cadenas de *Vampiro*, y aproveché la ocasión para escribirte. Quería felicitarte por el éxito de tu video, la verdad estaba muy divertido. Me da gusto que en el grupo haya chicos tan talentosos: tú en el cine, Sergio como actor. Estoy muy orgullosa de pertenecer a su equipo y espero ver más de ustedes.
> Bueno, solo quería decirte eso.
> Saludos,
> Ada

A la mañana siguiente, Ernesto llamó a Susy para decirle:

—Ada me ha escrito. Creo que quiere conmigo.

Susy de inmediato pensó «¿Qué trama esa maldita?».

—Le escribí a Ernesto hace unos días —le contó la niña a Rolando, mientras estaban echados en la cama.

—¿Ah sí? ¿Para qué? —preguntó tranquilamente el joven.

—Para felicitarlo por su video.

—Ah.

—Susy habla mucho de Gianfranco, ¿no?

—See, no sé cómo Ernesto no se da cuenta. No hay peor ciego que el que no quiere ver.

—Pobre.

—Imagínate que Susy una vez contó que en sus dos años de relación solo lo han hecho dos veces.

—¿Tan poquito?

—Sí, no sé qué pasará en su cabeza. Creo que ella es frígida para no gustarle. Yo no podría vivir así.

—Claro, tú no —dijo sonriente. Luego agregó—: Oye, ¿y si salimos en pareja?

—¿Con ellos? —contestó tajante—. Ni hablar, se enterarían de lo nuestro.

Ada lo miró entristecida. Siempre sucedía así: después del sexo, Rolando era más frío y la despachaba rápido de su casa. Ella quería hacerse la idea de que él necesitaba tiempo para aceptarla como pareja, pero no sabía cuánto demoraría esa espera.

Rolando se levantó de la cama y comenzó a vestirse. Se sentó frente a su computadora y revisó su correo.

—Vístete, ya es tarde —le dijo.

Ada obedeció.

El joven empezó a avanzar un trabajo *freelance*. Ada se acercó a él para despedirse, cuando notó la carpeta Carmela en el escritorio de su pc.

—¿Me acompañas a la puerta? —preguntó.

—Sí, vamos.

Capítulo 33

Prisioneros de la piel

—Aló, Ada —dijo Henry por el otro lado del auricular.

—Aló, Henry. ¿Cómo estás? —contestó ella.

—Bien, conseguí chamba.

—¡Qué bueno! ¿Dónde?

—En la UPC, un amigo me ha recomendado. Empezaré este lunes. ¿Vamos a celebrar?

—Ya, pues.

Horas después, se encontraron en la puerta de un bar de Larcomar. Al contrario de días anteriores, Henry lucía un mejor semblante. Había pasado un mes desde aquella penosa reunión con Karen, y el joven volvía a recobrar la confianza en sí mismo. Al menos, en lo laboral la vida le sonreía.

—¡Te ves bien! —dijo Ada al verlo.

—Me siento mejor, gracias. Estos días han sido eternos.

—¡Este sitio no tiene sillas! —comentó ella cuando entró al lugar.

—Es que después de las dos se vuelve discoteca. Hay buen ambiente, he venido con varios compañeros de clase.

—Si tú lo dices.

—¿Pedimos pisco sour?

—Bueno —dijo ella y empezaron a tomar. Dos horas después y con dos rondas de más, Henry le hizo este comentario:

—Sonia me llamó. Dice que los chicos de la oficina te han visto con Rolando. Ellos piensan que estás detrás de él.

—Pero yo hablé con ella hace unas semanas. ¿Por qué no me dijo nada?

—Cree que eres una inmadura por meterte con él, que pasa de una chica a otra. ¿Es verdad lo que dice, Ada?

Henry se quedó mirándola seriamente.

—Es cierto —contestó—. Después de que terminó con Celia, nos estuvimos viendo.

Ada comenzó a contarle todos los detalles de esa —hasta entonces— oculta relación. Su amigo sorbía lentamente su bebida mientras ella contenía las lágrimas. Al terminar, él preguntó:

—¿Cuándo empezó todo?

—En octubre del año pasado.

—¡Por dios, Ada, estamos en agosto! ¿Por qué no me dijiste nada?

—Estabas con tus problemas, no quería molestarte.

—¿Cómo has podido hacer todo esto sola? ¡Las has cagado completamente, Ada! ¡La has cagado! —exclamó eufórico Henry olvidándose que estaban en un lugar público—. Has actuado como una cualquiera, que se regala peor que una puta. Si no hubieras sido tan reverendamente cojuda, Rolando no se hubiera aprovechado de la manera más asquerosamente posible, que incluso te ha llegado a comparar con sus parejas en la cama.

La próxima vez piensa antes de abrir las piernas a cualquier imbécil —continuó—. ¿No te das cuenta de que Rolando es un enfermo mental por Celia? Te ha tratado como su muñeca inflable.

—Perdón —dijo ella, que había agachado la cabeza.

—Entiende, es un desperdicio estar con él. Vámonos de aquí.

—¿Vas a decirle algo?

—¿A Rolando? No, ya ha pasado bastante tiempo. Me diría tú qué te metes.

Henry y Ada tomaron un taxi a las dos de la mañana. Él puso la cabeza de ella sobre su regazo y la empezó a acariciar.

—¿Por qué serás así? —le dijo.

—¿Estás molesto conmigo?

—Un poco, me hubiera gustado que me lo contaras antes. Pero ya está hecho —respondió—. Quédate en mi casa, puedes dormir en el sofá.

Así llegaron a su domicilio en La Molina, y Henry trajo una frazada y una almohada para su amiga.

—Duerme, princesita. Lo necesitas.

El sábado en la mañana recibí un correo cadena de Manolo:

From: reydelsabbat@hotmail.com
To: vampiro@googlegroups.com
Subject: FW: DIFERENCIAS ENTRE HOMBRES Y MUJERES
Date: Sat, 11 Ago 2007 09:30:00 +0000

¿SON LOS HOMBRES MÁS AMIGOS QUE LAS MUJERES?

CASO # 1
Dos mujeres se encuentran en la calle, una de ellas iba saliendo del salón de belleza.
Mujer 1: ¡Hola, amiga! ¿Te cortaste el pelo?
Mujer 2: ¡Sí, querida! No te imaginas con quién… Edson, el maestro de la tijera. ¿Cómo me ves?
Mujer 1: ¡Maaaraaaviiillooosaaaaa! Te ves 10 años más joven. ¡Qué bárbaro! Quiero hacerlo igual. ¿Fue iluminación?
Mujer 2: Nooo, es una nueva técnica de aclaramiento que él trajo de Italia. Imagínate que… Bla, bla, bla, y te acuerdas de bla, bla, bla, bla y luego bla, bla, bla, bla, bla, bla…
(Media hora después)
Mujer 1: Bueno, amiga. Vete a casa que tu esposo se va a enorgullecer de la mujer tan bella que tiene.
Mujer 2: ¡Ay amiga, qué gusto me dio saludarte! ¡Salúdame a tu esposito y a los nenes!
Mujer 1 se va pensando: Esa tonta se ve ridícula y no se da cuenta. ¡No entiendo cómo su marido, tan guapo, sigue casado con ella…!

Mujer 2 se va pensando: Esa loca debe de estar muriéndose de envidia. ¡Y todavía quiere arreglarse igual! ¡Ja!… Con su pelo de escoba… ¿qué estará pensando? ¿Acaso quiere parecerse a mí? Ni volviendo a nacer, TARADA.

CASO # 2

Dos hombres se encuentran en la calle, uno de ellos sale de la peluquería.

Hombre 1: ¡Qué haces, imbécil! ¿Te cortaste el pelo, maricón?

Hombre 2: No, me creció la cabeza. Claro que me corté el pelo. ¿Por qué?

Hombre 1: Es que pareces brócoli.

Hombre 2: Sí… ¡Pero a tu hermana le encantó!

Hombre 1: Estoy apurado, feo… Me quito, saludas a la horrible de tu esposa.

Hombre 2: ¡Chau, recontrachivo! ¡Nos vemos al rato!

Hombre 1 se va pensando: ¡Ese huevas es de la puta madre… ojalá nos juntemos a chupar!

Hombre 2 se va pensando: ¡Es un pendex mi compadre… nunca pierde en las bromas!

DIGAN QUE NO… ¿QUIÉN TIENE MÁS VALORES SOBRE LA AMISTAD?

CASO # 3

Diferencia entre la amistad de los hombres y la de las mujeres:

1) La esposa pasó la noche fuera de casa.

A la mañana siguiente, ella le explica a su marido que había dormido en la casa de su mejor amiga.

El marido, entonces, llama por teléfono a las diez mejores amigas de su esposa. Ninguna de ellas confirmó la historia. Todas no supieron qué decir y cayeron en contradicciones.

2) El marido pasó la noche fuera de casa.

A la mañana siguiente, él le explica a su mujer que había dormido en la casa de su mejor amigo.

La esposa, entonces, llama por teléfono a los diez mejores amigos de su esposo.

Siete de ellos confirmaron la historia, y los tres restantes, además de confirmarla, dijeron que él todavía se encontraba ahí durmiendo.

¡¡ESO ES AMISTAD!!

Los comentarios no se hicieron esperar.

—¡Qué buena, pásate más! —dijo Sergio.

—¡Muy cierto, somos los mejores amigos! —agregó Ernesto.

—Es verdad, por eso prefiero juntarme con hombres —afirmó Susy—. Las mujeres nunca son honestas la una con la otra.

Fue ahí que empezó la pelea.

—¿Qué tratas de decir, Susy? —preguntó Stephanie.

—Que las mujeres no son buenas amigas. Solo viven para ellas. He conocido muchos chicos, con quienes he compartido buenos momentos, y todos han sido leales conmigo. En cambio, las amigas que he tenido solo se acercan para hablar de sí mismas y después se alejan para estar con sus novios.

—¿De quién estás hablando? —volvió a preguntar Stephanie.

—De una chica que conocí en la universidad, que salía con un dentista. Después de que se pelearon, vino llorando a mi casa para contarme sus penas y ahora no se acuerda de mí.

—No sé por qué ventilas ese tema en público. Si tienes un problema conmigo, dímelo en privado.

—¡Tú fuiste la que quiso hablar!

—¡Tranquilas! —dije tratando de calmar la situación—. Eso pasó hace años, ya para qué acordarse.

—¡Tú qué te metes! —contestó Susy—. ¿Acaso tienes algo con ella?

—Somos amigos, parte de un grupo, y creo que debemos respetarnos —afirmé.

—¡Yo solo quería hacer una broma! —comentó Manolo y cerró la conversación.

Capítulo 34

15 de agosto

Era tarde cuando la tierra tembló. Ada había tomado vacaciones por esos días y se encontraba en casa, lejos de Rolando. Pensaba mucho en su conversación con Henry, pero también sentía que no podía desligarse de lo que había empezado. En eso, su madre la llamó a gritos para que saliera a la calle, y ella bajó aquellas escaleras de madera que conectaban el segundo piso con la lavandería, entró por la cocina y llegó a la puerta, donde se encontró también con sus vecinos, que asustados se habían congregado en medio de la pista.

—¿Por qué te demoraste? —le preguntó su progenitora—. ¡Ha sido terremoto!

—No pensé que iba durar tanto —contestó sorprendida volteando a mirar su casa. Felizmente ninguna de su barrio había sido derrumbada. Respiró aliviada—. ¿Y papá?

—Debe estar en camino.

Ahí estuvieron treinta minutos hasta que escucharon por la radio que había pasado el peligro. El epicentro fue a 40 kilómetros de Pisco.

—Ada, vamos a casa —le ordenó su madre y ella obedeció. A los pocos minutos, escuchó sonar su teléfono y corrió creyendo ver el nombre del emisor. Se equivocaba: se trataba de Henry.

—Aló, Ada, ¿estás bien?

—Hola, Henry. Sí, me encontraba en casa. Pero estamos a salvo. ¿Dónde te agarró a ti?

—En el trabajo. Ha sido un caos, como te podrás imaginar. La universidad ha declarado día libre mañana. ¿Hay que vernos?

—Sí, claro. ¿Dónde nos vemos?

—¿Te parece en la Plaza San Martín? Hace tiempo no voy al centro.

Acordaron reunirse a la una de la tarde del día siguiente para almorzar juntos. Por eso, luego de saludarse fueron directo a El Cordano. Ella pidió lomo saltado y él, bistec a la chorrillana.

Conversaron de todo un poco. Henry mencionó sus nuevos proyectos. Se notaba entusiasmado por mejorar profesionalmente.

Cuando terminaron de comer, caminaron por el Jirón de la Unión.

—¿Y sabes si Rolando se sigue viendo con la negra? —preguntó Henry.

—Creo que sí se comunican. Es que, según me ha dicho, se llevaban muy bien —respondió Ada—. Acostumbraban a compartir historias de sus ex.

—¡Eso no era una relación, sino una terapia! —afirmó el joven—. No sé qué harás, pequeña. Si continúas con él, vas a terminar mal. Conociéndolo, va a hacer cualquier burrada.

La miró y le cogió la frente. Habían regresado a la plaza y se habían sentado sobre una banca de mármol.

—Tú mereces a un hombre que te escuche —continuó Henry—, que te abrigue cuando tengas frío, que te dé un abrazo, aunque no se lo pidas. Algo más que Rolando. —Luego se acercó a ella y la envolvió en sus brazos.

El sábado, Ada visitó a Rolando. Él, apenas la vio, le preguntó:

—Hola, ¿cómo pasaste ese momento?

—¿Cuál?

—El miércoles.

—Bien. ¿Tú cómo estás?

—Un poco asustado. Pero pasa.

Una vez en su cuarto, la joven caminó por detrás de su silla giratoria y lo abrazó por la espalda.

—¿No me has extrañado? —preguntó.

—No sé, ¿tú qué crees? —respondió pícaramente. Ella se sentó sobre sus piernas. Conversaron sobre cómo le había ido en la semana. Ella empezó a hacer pucheros. Él sacó un sonido de sus labios con su dedo. Sonrieron. Se besaron.

—Estoy preparando un cómic con Néstor para presentarlo a un concurso —continuó Rolando.

—¡Qué bueno!

—Sí, nos estamos reuniendo dos veces por semana en mi casa —dijo acariciándole el pelo—. Estoy exhausto.

Rolando miró a Ada. Le empezaron a temblar las piernas. Volvieron a besarse. Luego, la llevó en sus brazos hasta su cama.

—Tú solo piensas en eso —comentó la niña minutos después, mientras él le mordía el cuello.

—No me digas que no viniste para hacerlo.

Unas horas después, él volvió a avanzar su proyecto. Pero, como se sentía algo inquieto, le dijo:

—No te vayas todavía. Quiero contarte algo.

—¿Qué cosa?

—Celia me envió un correo.

—¿Por qué?

—Es que el día del terremoto llamé a su casa para preguntar por su abuelita, que vive en Ica. Y ella escribió para agradecerme.

—Ah —contestó Ada, sintiéndose por dentro insignificante.

El domingo, al entrar al chat, Ada fue saludada por Karen.

—Hola, Adita. ¿Qué tal las vacas?

—Bien, gracias. ¿Tú cómo estás?

—Con bastante tarea. Te cuento, estuve saliendo con un chico de la universidad, pero ahora él no me llama. ¿Qué crees que debo hacer?

—¿Eran amigos antes de eso? —preguntó sorprendida. Al parecer, Karen no se daba cuenta con quién estaba hablando.

—No.

—Ah, entonces olvídalo.

—¿Tú crees? ¡Demonios! ¿Por qué serán así los hombres?

—No lo sé, es relativo.

—A propósito, ¿has visto a Henry?

—Sí, consiguió trabajo en la UPC.

—Qué bueno. Espero que no se haya resentido conmigo. Tal vez con el tiempo volvamos a ser amigos.

—Tal vez.

—Bueno, te dejo, debo avanzar.

—No te preocupes, *bye*.

—Adiós.

A los diez minutos, se conectó Henry y Ada lo actualizó de esta conversación.

—¿Eso te dijo? —preguntó indignado.

—Disculpa, no quería hacerte sentir mal —dijo la niña, pensando que había metido la pata.

—Seguro piensa que debería haber sanado este sentimiento, pero no —contestó molesto—. Si los hombres con que se ha cruzado no han sufrido, el dolor se les ha ido rápido, eso no es mi problema. Allá ella.

Capítulo 35

Nid

Cuando se preparaba para encontrarse con él, Rolando le envió un mensaje contándole que se demoraría un poco, ya que estaba terminando un trabajo. Ada aprovechó esos minutos para hacer unas compras en el supermercado, hasta que él le dio el alcance y preguntó si tenía aquellas galletas de fresa que tanto le gustaban.

—Sí, hay un paquete.

—Bacán, busquemos un micro.

Subieron a un bus con destino a Lince y él estiró su brazo hacia el lado de ella. Luego, la miró algo nervioso y le dijo:

—Ayer tuve un sueño raro.

—¿De qué se trataba? —preguntó ella.

—¿No te molestas?

—No, dímelo nomás.

—Soñé que me animabas a que saliéramos con otra pareja. Creo que a ti te gustaba el pata. Era un chico de 17, de piel tostada por el sol y cabello castaño claro. Parecía surfista. Ese chibolo tenía una novia mayor, de unos 30 años. Yo no estaba muy convencido de tener una cita doble, pero tú me obligaste. Me decías «Me lo debes, me lo debes». Y bueno, yo terminé aceptando.

Fuimos de frente a un hotel y nos encerramos los cuatro en una habitación. Tú al toque cogiste la mano del muchacho y se metieron en la cama. Yo me quedé observando a esa mujer, que no recuerdo cómo se llamaba, y después de tontear un rato nos pusimos a agarrar. Me empecé a calentar y nos quitamos la ropa. Y mientras lo estábamos haciendo, comenzaron a entrar a nuestro cuarto varias parejas. Eso se volvió una orgía. Por momentos te buscaba con la mirada, pero siempre estabas en una posición distinta gimiendo de placer.

En eso vi a Celia. Yo me detuve y pensé «¿Qué hace esta aquí?». Me sentí molesto. Entonces, ella se fue por otro lado. Volteé y me di cuenta de que la chica no estaba. Giré la cabeza y tampoco te hallé a ti. No había quedado nadie. Estaba solo.

—Ah —contestó Ada, que se había quedado callada.

—¿Estás amarga? —preguntó—. Sabía que no te iba a gustar.

—No te preocupes. Yo sé que ella ha sido parte de tu vida.

—Es que fue mi primera novia, mi primer beso, mi primer todo —confesó—. Una vez nos pusimos a hablar con Néstor y Sergio sobre ello y nos dijimos «Sí, la primera vez es imborrable. A uno solo le queda seguir adelante».

Ada pensó que esos chicos eran de ideas fijas.

Al llegar al hotel, escogieron la suite matrimonial y se instalaron allí. Rolando le dijo que primero iría a bañarse, pues había salido apurado esa mañana. Ella se quitó los zapatos y se acostó sobre la cama hasta que él salió con una toalla envuelta en la cintura.

—Acércate —le ordenó la niña. Él la miró intrigado y se colocó a su lado. Fue entonces que Ada se montó encima de él. Empezaron a besarse. Él giró a la derecha y volvió a tener control de la situación. Comenzó a desnudarla y, mientras la desenvolvía, se percató de un pequeño lazo en su cuello.

Rolando sonrió a su regalo. Luego besó cada parte de su piel. Abrió las piernas de Ada y frotó su pene contra la vagina de ella.

—Métemelo ya, estoy muy excitada —gritó Ada minutos después.

—¿Qué? —respondió jadeante.

—Mét. e-lo, que ya no aguanto.

—Pero todavía no me lo pongo…

—No importa.

Rolando se quedó mirándola unos segundos, antes de penetrarla. Enseguida, la trajo hacia él. Las manos de Ada tocaban su espalda, de arriba hacia abajo, de arriba hacia abajo, en algunos momentos arañándolo, de arriba hacia abajo, de arriba hacia abajo. Rolando gimió junto con ella y la empujó contra la cama al venirse. Salió de su cuerpo y la miró de costado. Sus iris se veían unidas.

—Es la primera vez que lo hago sin condón —dijo él.

—¿De verdad? ¿Y te gustó?

—Estuvo riquísimo… Pero ¿ahora qué hacemos?

—Compramos afuera una pastilla.

Hablaron un rato y, luego, Rolando jaló su brazo. Ella entendió el pedido y llevó su cabeza hacia la pelvis de él. Comenzó a lamer sus testículos. Luego, las comisuras de sus piernas, de arriba hacia abajo, de arriba hacia abajo. Y debajo de su pene, de arriba hacia abajo, de arriba hacia abajo. Hasta que él presionó su mano contra su pelo y tuvo una serie de espasmos sin eyacular.

Rolando y Ada volvieron a besarse. Él la acomodó boca abajo, y se dispuso a embestirla una y otra vez.

Cuando terminaron, él cogió el control remoto y disfrutó de una maratón de *Star Trek: The Next Generation*. Comenzó a hablar sobre sus proyectos, de que quería remodelar su cuarto, comprarse una nueva cama y una Pentium Dual-Core. Al llegar la una de la tarde, sintieron hambre y pidieron hamburguesas por *delivery*.

Luego, pasaron *Harry Potter y el cáliz de fuego*. Rolando volvió a ponerse nostálgico y comentó:

—Esa película fui a verla con Celia y sus primas. Eran muy ruidosas y me *spoileaban* a cada momento. Yo me asé bien feo y les advertí que era la última vez que salía con ellas.

Ada trató de ser empática y preguntó:

—¿No viste la última?

—¿La *Orden del Fénix*? Sí, pero lo hice con Mercedes.

Ada volteó a mirarlo y le dijo enojada:

—Ya, ya, Rolando.

—¿Qué pasa? Esa chica es mi amiga. Con ella ni nos hemos besado… Todavía que me estoy abriendo contigo, que te cuento cosas que no le digo a otros.

—Mira, Rolando —contestó Ada—. Está bien si sales con ella, total son tus decisiones. Pero ahora estamos en la cama. Dímelo mañana, en tu casa, en el rol, en la chamba, pero no aquí donde lo hemos hecho.

Él la observó unos segundos, luego le pidió disculpas.

Esa tarde volvieron a hacer el amor dos veces más antes de despedirse.

Capítulo 36

Stop Crying Your Hear Out

Susy y Stephanie siempre fueron las mejores amigas. Se conocían desde la universidad, cuando estudiaban juntas Ingeniería Civil. A Susy nunca le gustaron los números, más bien fue por complacer a sus padres. Por eso, no fue sorpresa para nadie que abandonara la carrera a los tres años. Buscó entonces trabajos de oficina, que la ayudaran a cubrir sus gastos y contribuir en casa, donde siempre la necesitaban. En ese ritmo fue pasando el tiempo hasta que llegó a los 27 sin un presente del que sentirse orgullosa.

Susy dejó atrás viejas relaciones y se enfrascó en su nuevo grupo de rol, donde continuó con la compañía de Stephanie. Ella había logrado graduarse, pero no se animaba a trabajar en su campo. Algo siempre la detenía. No quería sentirse mala, pero a Susy eso no parecía desagradarle: el saber que no estaba en desventaja con otra mujer la mantenía tranquila.

—Aló, Susy —dijo Stephanie al otro lado del teléfono.

—¿Stephanie? Qué tal —contestó como si nada.

—Bien, estuve pensando en la bronca que tuvimos. Quería disculparme si te sentiste ignorada en algún momento. No era mi intención.

—¡No te preocupes! ¡Ya fue!

—Sabes que te quiero.

—Sí, lo sé, flaca. Pero es bueno escucharlo.

—Oye, ¿quieres ir al cine? Las dos juntas, como los viejos tiempos.

—Mostro, ¿cuándo nos vemos?

—¿Qué te parece esta tarde?

—Chévere, ahí estaré.

Henry corrió presuroso para encontrarse con Sonia, que lo esperaba sobre una banca del centro comercial.

—Hola, disculpa la tardanza —se excusó Henry.

—No pasa nada, recién acabo de llegar —dijo ella.

—¿Quieres tomar algo? ¿Por qué no vamos al café que está al frente? —preguntó señalando uno de los establecimientos.

—Sí, está bien. Vamos.

Una vez acomodados, pidieron dos tazas de café. Sonia se notaba algo nerviosa, por lo que su amigo le dijo:

—¿Te pasa algo?

—En realidad sí. Tenía muchas ganas de verte. De estar contigo.

—Yo también —confesó—. Ya no trabajamos juntos. ¿Qué tal te va en la tienda?

—¡No hablo de eso! Sí me va bien, felizmente. Estoy en mi ambiente.

—Qué bueno. Entonces, ¿por qué dices eso?

—Hablo de nosotros, Henry. ¿No te gustaría retomar lo nuestro?

—¿Perdón? —contestó tratando de no atorarse.

—He estado pensando en lo que pasó. Y sí, te he odiado mucho. Me he estado preguntando por qué me habías confesado que estabas enamorado de Karen. Por qué me lo habías dicho después de haber estado contigo. Y sí, me enfadé un montón. No podía creer que me hicieras eso. Yo te consideraba alguien especial. Muy especial en mi vida. Y luego tú me contaste que habías salido con ella, que también era mi amiga. Después de vernos, después de estar juntos. Por eso renuncié.

—Lo siento, Sonia.

—Me la he pasado llorando todos estos meses. Habías roto mis ilusiones. Pero yo también tuve la culpa al no expresarte mis verdaderos deseos. En eso fallé. Por eso, creo que debo darte una segunda oportunidad.

—Me alegra que lo veas así —comentó sonriéndole.

—Sí, te necesito como amigo —dijo cogiéndole la mano—. Me gustaría que volviéramos a salir como antes, contigo y Karen.

—¿Con Karen? ¡Ni a balas! ¡Estamos peleados! —contestó resuelto—. Pero le podemos decir a Ada.

—¿Has estado viéndote con ella?

—¿Con Ada? Claro, somos patazas.

Sonia cerró los labios y giró la cabeza a un lado.

—Entonces, ¿podríamos salir solos tú y yo?

—¿Ahora no lo estamos haciendo?

—No hablo de esto —dijo—. ¿No podríamos hacerlo otra vez?

Henry la miró sorprendido.

—¿Después de lo que te hice?

—Sí —contestó e inclinó la cabeza como una gata—. En verdad, lo necesito.

—¿Que quiere volver contigo? —pregunté asombrado—. ¿Después de lo que le hiciste?

—See… —contestó Henry.

—¡Pero si la dejaste por su amiga y después de tirar! ¡Ahora sí que no entiendo a las mujeres!

—Yo tampoco, Néstor. Me imaginé que no me guardaba rencor, porque seguía comunicándose conmigo. Pero esto no me lo esperaba.

Me crispaba la actitud de Henry. Parecía demasiado complacido con ese requerimiento.

—Y entonces, ¿se fueron a un hotel?

—¡No! ¿Qué me crees? ¡Ya no vuelvo a mezclar la amistad con el sexo!

—Uff, menos mal —dije aliviado—. ¿Cómo la convenciste?

—Le conté que todavía estaba dolido por lo de Karen, que necesitaba tiempo para sanar mi corazón.

—¡Qué difícil! ¿Y te creyó?

—Sí, me dijo «No perdamos el contacto».

—Asu, tú sí que dejas huellas. ¿Me prestas tu libro de Shere Hite?

—Claro, hermano.

Capítulo 37

La mujer sin nombre

1 de setiembre
Querido diario:

No sé qué pensar. Rolando me ha dicho que no quiere una relación, pero se queda conmigo a la hora del almuerzo y a veces me acompaña al paradero. Eso me agrada, pero, cuando intento cogerle de la mano, él me dice «Alguien nos puede ver» y se aleja.

En el rol también se pone muy meloso. Me llama para que me siente a su lado y es notorio que tengo preferencias. Admito que no soy buena jugadora y no he puesto mucho ahínco en aprender las reglas de Vampiro. Por eso creo que Susy me mira mal, porque cometo cada burrada.

Pero Rolando también se pasa. Hace unas semanas, delante de todos, pasó su celular por mis piernas. ¿Y así no quiere que sepan de lo nuestro? ¿Qué les dirá si le preguntan?

Me siento incómoda. Como estamos en su casa, Rolando se comporta con demasiada confianza y a veces no mide sus impulsos. Y lo peor es que es tosco; mientras explicaba una escena ha estirado su brazo y me ha dado un manotazo. Y me ha dolido bien feo la boca. Yo pensé que era un descuido, que estaba siendo muy susceptible, pero ya se ha repetido como tres veces y los demás le han llamado la atención.

No sé si guarda tanta cólera dentro de sí que no se da cuenta que me daña. Me duele el corazón cuando pienso en eso. Pero no quiero abandonarlo. Si me voy, lo perderé nuevamente y esta vez será para siempre.

Luego de que se fueran todos los del rol, me acerqué a Stephanie y le dije:

—¿No te apetece tomar algo?

—¿Ahorita? —contestó mirando su reloj—. Bueno, pero solo un rato.

—Perfecto. Vamos a Miraflores.

Subimos a una combi y, una vez sentados, me preguntó:

—Oye, bien raro se ha puesto Rolando. ¿No tiene algo con Ada?

—No, solo son amigos.

—Pero tiene demasiadas confianzas con ella.

—Es que trabajamos juntos, nos vemos todos los días.

Stephanie giró la cabeza no muy convencida con mi explicación.

—No me mientas, Néstor. ¿Ellos están o no?

La miré apenado, con miedo de que ya no quisiera salir conmigo.

—¡Sí! —contesté cerrando los ojos y juntando las manos—. Pero júrame que no se lo dirás a los demás.

—¿Qué tiene de malo?

—Es que no es algo formal.

—No te entiendo.

Me acerqué a su oído y le confesé:

—Solo se juntan para tú ya sabes.

—¿Ah? ¿Ada es ese tipo de chicas?

—No, no. Ella es buena, la conozco desde que era niño.

—Entonces, si es tu amiga, deberías hablar con Rolando para que no se siga aprovechando.

—Bueno, amigos nunca hemos sido. Pero me cae bien —dije tratando de excusarme—. He conversado con los dos, pero hacen lo que les da la gana. Ada se ha entercado con él, aun si chatea con otras chicas.

—¡Qué perro es Rolando!

—¡Pero ella también tiene la culpa! —respondí.

—Seguro que está recontraenamorada la pobre. ¿Tú nunca has estado así?

La quedé observando un rato.

—Sí, pero también debe tener dignidad. Ya no es una niña.

—No lo sé, no me parece correcto —dijo fastidiada—. ¡Por eso tiene privilegios en el juego! ¡Ya me imagino cómo se los cobra!

—No hables así, él no es un monstruo.

—¿Y todavía lo defiendes? Sabes qué… Me voy a mi casa.

—¡No, no te vayas! —respondí lloroso.

Ella no volteó a verme. Pagó su pasaje y bajó del carro. Yo tapé mi cabeza con mis brazos y apreté los dientes de rabia.

Al arribar a Miraflores, decidí tomar unas cervezas cerca del parque Kennedy hasta que dieron la una de la mañana y me dispuse a regresar a casa. Bajé hasta la Av. Pardo para tomar un taxi a San Miguel cuando fui alertado por los cláxones de los autos. Era domingo y el tránsito debía estar más tranquilo, pero una presencia etérea lo alteraba. Llegué a la esquina y vi a dos jóvenes atontados frente a la pared de unas cabinas de Internet. La curiosidad me trajo hacia ellos. Pensé que se trataba de un asalto. Pero al dirigir la vista donde estaban mirando, quedé petrificado.

Contra el vidrio completamente desnuda, una mujer recibía las embestidas de su amante, que se escondía tras su cabellera. Su níveo cuerpo resaltaba en toda esa oscuridad. Sus ojos alucinados parecían estar hablándonos, ignorando el estremecimiento que provocaba.

—¡Qué rico! —dijo uno de esos hombres lamiéndose los labios. Luego, volteó a los dos lados y se bajó el cierre del pantalón.

—¿Qué haces, huevón? —le reclamé empujándolo.

—¿Qué te pasa, imbécil? ¿No te das cuenta cómo nos mira esa flaca? —me contestó devolviéndome el golpe.

—¡No se peleen! —exclamó su acompañante—. Vámonos, ahorita seguro viene serenazgo.

—Tienes razón —respondió su amigo—. ¿Por qué me voy a arruinar por una cualquiera?

Se acomodó la ropa y huyeron de ahí.

Capítulo 38

Creep

El lunes siguiente no tuve humor para ir al trabajo. No quería cruzarme con Rolando y Ada, que eran, indirectamente, los responsables de mi pelea con Stephanie. Dieron las doce y todavía no la llamaba. Me sentía desesperado. ¿Ya no querrá verme?, pensaba. Creerá que soy como él, que me aprovecho de las mujeres.

¿Y si no me quiere ver? Lloraba en silencio. El amor de mi vida se alejaba de mí.

Después de almorzar, me armé de valor y decidí recogerla del casino. Conociendo lo buena que era, no dudaba que aceptara hablar conmigo. Esperé, pues, que dieran las cinco, tomé un bus a Lince y me paré en la puerta del establecimiento.

—Hola —me dijo secamente al encontrarse conmigo.

—Hola, ¿puedes darme diez minutos de tu tiempo? —le rogué.

—Sí —contestó comprensiva.

Caminamos hasta un parque y nos sentamos sobre una de sus bancas. Minutos antes, habíamos permanecido en silencio hasta que le dije:

—Stephanie, siento que te hayas molestado. Eres una persona importante para mí y no me gustaría perderte por problemas de terceros.

—Sí, entiendo —contestó—. Creo que fui un poco injusta contigo. Es que como mujer no me agradó saber que jugaban con Ada. Pero, en verdad, tú no tienes la culpa. Son ellos los que deben arreglar sus problemas.

—¡Qué bueno que pienses así! —dije aliviado—. Entonces, ¿amigos como antes?

—Por supuesto —afirmó sin perder la seriedad—. Hay algo que quiero contarte.

—Sí, dime.

—Hoy me llamaron de una agencia que contrata personal para cruceros y me han comunicado que aceptaron mi solicitud.

—¡¿En un crucero?! —pregunté alarmado—. ¡No me habías dicho nada!

—Es que no sabía si lo lograría. Mandé mi cv hace meses, di un par de entrevistas y recién me convocaron.

—¿Y cuándo vas a embarcar?

—El 18 de setiembre.

—¡Solo faltan dos semanas! ¿Cuánto tiempo estarás fuera?

—Probablemente ocho meses. Me encargaré de servir mesas.

La miré atónito.

—¿Servir mesas? Steph, tú eres ingeniera. ¿Eso quieres para tu vida?

—Néstor, no tengo experiencia en mi campo. ¿Dónde quieres que trabaje?

—Si es eso, me lo hubieras dicho. Yo tengo un tío que te podría recomendar.

—Gracias —contestó—. Pero ser ingeniera no es lo que quiero.

—¿Y qué es lo que quieres? —dije desesperado.

—Aún no lo sé. Necesito encontrarme a mí misma. El viaje me ayudará.

—¿Y me vas a dejar así? ¿Qué va a ser de mí? —le pregunté—. Yo te amo.

—Perdóname, Néstor —contestó apenada y luego agregó—, pero no estoy enamorada de ti.

Al oírla, empezaron a temblarme las piernas y los brazos. Unas lágrimas corrieron por mi repelente rostro. Ella quiso acercarse hacia mí para darme un abrazo, pero yo la aparté:

—¡No, déjame!

—Pero, Néstor…

—¡Déjame te digo!

Stephanie bajó la cabeza y se retiró del lugar. Yo continué compungido unos cuantos minutos.

Luego, fui a una licorería y compré cuatro cajas de Gato Negro. Tomé un taxi y regresé a casa. Mis padres no regresaban todavía, así que me encerré en mi cuarto a calmar mis penas escuchando música estridente.

She's running out again,
She's running out
She run run run run…
Run…

Whatever makes you happy,
Whatever you want,
You're so fucking special,
I wish I was special…
But I'm a creep, I'm a weirdo,
What the hell am I doing here?
I don't belong here,
I don't belong here.

Entre lágrimas, me puse a revisar los diseños de la heroína de mi historieta. En el relato, al final, la protagonista se convertía en la dueña de su propio destino, una mujer fuerte e inteligente, que sorprendía y recibía la admiración hasta de quienes antes la criticaban. Ella, entonces, tenía que decidir entre el amor de un apuesto pretendiente, que apareció en la época de las vacas gordas, o su mejor amigo, quien siempre estuvo a su lado. Obviamente, se quedó con el segundo.

—Si todo fuera como quisiéramos no existirían las historias de amor —dije en voz alta. Me tiré al piso derrotado.

Eran la una de la mañana cuando mi madre me localizó en
el baño.

—¡Mira todo este desastre! ¡Y este vómito! ¡Néstor, ten-
drás que limpiarlo! —gritó enojada. Hecho mierda, me ani-
mé a responderle:

—¿Por qué serás así?

Capítulo 39

Farewell

Desperté al mediodía y, apenas abrí los ojos, cogí el celular y envié un mensaje a Ignacio disculpándome por mi falta y pidiéndole una semana libre para arreglar unos asuntos. Está bien, cuídate, me respondió y respiré aliviado. Luego, continué durmiendo.

Bajaba a las dos para almorzar lo que la empleada había preparado y, después, me daba un duchazo para volver a dormir. Apagué el móvil porque no tenía ánimo para escuchar a nadie y cerré la puerta de mi cuarto por si acaso mi madre volviera a reprocharme. No sé si me dio una tregua o se compadeció de mí, pero no la encontré husmeando por los alrededores y eso me tranquilizó. Papá había viajado a un congreso en el interior del país, y el consultorio ocupaba la mayor parte de su tiempo. Llegaba muy tarde a casa para dar indicaciones de lo que se comería al día siguiente y luego veía televisión.

Cuando Karen y Ada llegaron a la tienda de Sonia, ella estaba terminando de atender a unos clientes. Ellas esperaron a un lado, hasta que se desocupara. Luego, se acercaron a saludarla, y pusieron encima del mostrador la comida que habían traído para compartir. Sonia saludó a ambas, y empezó a conversar alegremente con Karen.

Ada vio que a Sonia le faltaban cubiertos, y fue a la tienda a comprárselos. Se los entregó, junto con una gaseosa. Ella estiró la mano para recibir el producto, y continuó hablando con Karen.

—¿Y qué animes nuevos han salido? —preguntó Karen.

—Bueno, ¿no has visto *Death Note*? —le contó su amiga—. Es del año pasado, pero se ha vuelto muy popular. Voy a poner un capítulo.

—¡Ay sí, para ver! —dijo Karen.

Sonia colocó una cinta de DVD en el reproductor, y las tres empezaron a contemplar el primer capítulo de ese anime. Después de eso, Sonia sacó unas revistas *Newtype* y se las enseñó a Karen. Ada miraba de reojo cómo Sonia le mostraba a su amiga las notas en japonés sobre sus series favoritas. Dentro de la tienda, tenía guardados todos los números del 2007 en perfecto estado, además de unos *artbook* de *Yami no matsuei*.

—¡Qué lindos diseños! —comentó Karen.

—Sí, es muy bueno el dibujo —dijo Sonia mientras seguían observando las imágenes—. ¡Mira, ahí está Hijiri!

—Sí, qué pena que salió poco en la serie.

—Ah, pero dicen que, en el capítulo 6 que pasaron en Japón, Tsuzuki y él tuvieron relaciones —replicó Sonia, que se entercaba con esa tesis.

Al llegar las ocho de la noche, el dueño de la tienda y unas chicas llegaron. Conversaron un rato con Karen y, luego, animaron a Sonia para ir a cenar.

—Anda, nomás, nosotras ya nos íbamos —dijo Karen.

—Gracias, amiga —respondió Sonia—. Toma unos videos —dijo entregándole las cintas de *Death Note* en una bolsa.

—¡Gracias, te pasaste! —dijo Karen y se acercó a despedirse.

—Chau —dijo Ada cuando se aproximó a Sonia, pero ella le volteó la cara.

El domingo siguiente, todo el grupo de *Vampiro* excepto Néstor recibió la noticia.

—¿Te vas a ir? —preguntó Ernesto.

—Sí, chicos, me apena dejar el juego —respondió Stephanie.

—Qué pena, flaca, pero si es para tu mejoría, suerte, pues —afirmó Susy.

—Gracias, amiga.

—Tendremos, entonces, que organizarte una despedida —acotó Manolo, que era el más festivo de los chicos—. ¿Por qué no vamos a una disco toda la mancha?

—¿Una disco? —dijo Rolando dudoso—. Yo no acostumbro visitar esos lugares. Ah, una vez fui con la perra, pero ella se aburrió a los diez minutos y tuvimos que regresarnos.

Stephanie miró de reojo a Ada, que se mantuvo en silencio.

—Hagamos algo tranqui, un lonche aquí el próximo domingo —contestó Stephanie tratando de calmar la situación.

—Si así lo quieres, puedo preparar unos postres —dijo Ada—. ¿Qué te gusta más, el pie de manzana o el de limón?

—¿Que no sabes hacer otra cosa? —preguntó Susy.

—Es lo que me sale mejor.

—De manzana estará bien —dijo Stephanie, quien observó con molestia a la otra joven.

Siete días antes de su partida, regresé a la oficina cargando mi carta de renuncia. Ignacio, al leerla, no lo podía creer.

—¿Adónde te piensas ir? —inquirió—. ¿Has recibido otra propuesta?

—No, solo quiero cambiar de aires. He estado más de tres años aquí y preciso avanzar en mi carrera.

—Entiendo. Pero ¿qué piensas hacer? ¿Vas a abrir otra revista o tu propia empresa?

—Trabajaré como *freelance* hasta que consiga un nuevo empleo. No te preocupes.

—Bueno, si es tu decisión. Que tengas suerte —dijo dándome la mano.

—Gracias. A propósito, ¿podrías hacerme una carta de recomendación? La necesito.

Ignacio se agarró la cabeza y respondió:

—Pucha, Néstor. Justo se me han acabado los papeles membretados. Cuando vaya a la imprenta, los mandaré a hacer y te aviso.

—Bueno —contesté escéptico.

Mis compañeros se apenaron de mi partida. Hasta George me invitó a chupar. Qué triste, eres muy bueno en lo que haces, dijo abrazándome. Yo me quedé sorprendido. Genaro también se acercó y me entregó su tarjeta. Por si acaso necesites de mis servicios, comentó. Ada bajó la mirada entristecida. Cada vez somos menos. Lo sé, le contesté, pero todavía nos queda *Vampiro*. Karen pareció apenarse. Preparó mi liquidación y me dio el último beso de esa tarde. Te vamos a extrañar.

—Y yo a ustedes —contesté—. Cualquier cosa me avisas por Messenger, por favor.

—Sí, no te preocupes.

Rolando pidió permiso ese día y me acompañó a mi casa. De camino me contó de la reunión que tendrían.

—No pienso ir —dije—. No me gustan las despedidas.

Durante el mes de setiembre, me mantuve alejado del rol y las redes sociales. Solo abría mi correo por trabajo y avanzaba lo que mis clientes me encargaban. Así, me propuse cerrar un ciclo y empezar otro, uno nuevo y renovado. Y mientras luchaba por reconstruirme, escuchaba Queen.

Ignacio no escribió ninguna carta y se dedicó a despotricar de mí cada vez que un interesado lo llamaba para pedirle referencias.

Capítulo 40

Un día sin sexo

8 de octubre
Querido diario:

Ayer conversé con Rolando sobre aquellos manotazos. No sé si se sintió arrepentido, pero empezó a enviarme emoticones de perritos llorando que me hacían dudar. Tal vez esa sea su forma de expresarse.

Igual, siento que no puedo cargar todo esto sola; por eso llamé a Kami, que se encuentra en la ciudad y le dije para reunirnos.

Le conté de Rolando, y desde el comienzo me comentó «Él te ve como amiga, pero piensa: ella es linda, ella es buena, a ella le gusto; eso es un factor para que tiremos».

Me dijo que él no me quiere y que yo lo estoy manipulando para seguir con esa seudorelación, porque si no lo manipulo en cualquier momento se alejará de mí. Que yo le facilito las cosas, pues al estar conmigo ya no siente esa tensión sexual con otras mujeres y eso le da más confianza.

Me aconsejó que lo corte o lo obligue a tener algo serio conmigo, que si lo sigo viendo voy a quedar cochina.

Si lo sigues viendo, si lo aplazas, si la haces larga, vas a seguir con el problema. Córtala o sigue con un acuerdo de que cuando pase no habrá compromiso. Porque si esperas algo, eso nunca va a llegar. Si confía en ti es porque eres su amiga, pero él parece ser una persona impedida para los sentimientos, y eso no te va a llevar a ningún lado.

No sé cómo Kami se volvió tan fría. Me dijo que Rolando y yo éramos como dos botellas Coca-Cola que no podían fundirse la una con la otra. Fue tan dura. Creo que no debí consultarle nada. Seguro está enfadada porque hemos dejado de frecuentarnos y ahora la llamo solo para pedirle consejos. Debe ser por eso.

Regresé a casa con más pesar del que había salido y prendí el televisor. Estaban pasando una película peruana, en donde aparecía Melania Urbina, que encarnaba a una mujer que salía con un pata solo por sexo. Pero él tenía una enamorada o una chica que le gustaba de verdad. Era un cretino. Ella se sintió muy mal cuando se enteró.

El domingo siguiente, Ernesto trajo a la reunión de *Vampiro* unas historietas tipo parodia que había hecho con los personajes del juego. Todos celebramos su picardía y nos burlamos de aquellos seres que dimos vida y que ocupaban nuestro interés no solo los fines de semana.

Ada, sobre todo, había quedado impresionada.

—¡Qué interesante! ¡Eres muy bueno dibujando! —le dijo.

—Gracias —respondió Ernesto.

—Yo también sé dibujar. Si quieres te puedo enseñar —afirmó Sergio, que siempre quería hacerse el galán.

Ada se sentó entre él y Rolando, quien al verla a su lado dijo «Mira, y después se queja». Ella trató de ignorar ese comentario.

—¿Sí? ¿Cómo es tu estilo? ¿Tipo cómic? —preguntó la muchacha a Sergio.

—No. Lo mío es más o menos realista. Me gusta hacer autorretratos.

—¡Ay, qué lindo!

De pronto, escuchamos a la mamá de Rolando:

—¡Hijo, te llama Irene!

—Permiso —contestó Rolando, que se paró y apoyó los brazos sobre el sofá donde estaba sentada Ada y, en frente de todos, lo empujó contra la pared. Luego, abandonó la habitación.

Ada bajó la cabeza unos minutos. Volvió a su lugar para recoger sus dados sin decir una palabra.

A la media hora, regresó él fresco como una lechuga.

El lunes, Ernesto abrió su correo y encontró este mensaje:

> From: princesadelashadas@hotmail.com
> To: stanley.kubrick85@gmail.com
> Subject: hola
> Date: Mon, 15 Oct 2007 08:30:00 +0000
>
> Hola, Ernesto:
> Me gustó mucho tu cómic de *Vampiro*, y quisiera saber si podrías pasarme una copia para tenerlo de recuerdo. Te lo agradecería mucho.
> Saludos,
> Ada

El joven no perdió tiempo para reenviárselo a su enamorada, adjuntando la siguiente frase: «No se cansa, se ve que quiere conquistarme».

Susy estalló de furia.

—¡¿Qué se ha creído esa babosa?! —chilló.

Más tarde, Ernesto optó por una respuesta diplomática.

> From: stanley.kubrick85@gmail.com
> To: princesadelashadas@hotmail.com
> Subject: Re: hola
> Date: Tue, 16 Oct 2007 17:00:30 +0000
>
> Hola:
> *Sorry*, no tengo escáner en casa. Qué pena.
> Ernesto

—Aló, Ada. Soy Henry —dijo el joven al otro lado del teléfono.

—Hola, Henry. ¿Cómo estás? —respondió su amiga.

—Uhmm, más o menos fastidiado. Ahora Karen está enviándome cadenas y alertas telefónicas.

—¿No será que te tiene en su lista de contactos?

—¿Tú crees que sea pura casualidad?

—Puede ser el sistema. Tal vez te tenga en un grupo y mande a todos los integrantes, no solo a ti.

—Pero no me ha borrado del Messenger, y cuando estoy en línea veo que ella se conecta y desconecta a cada rato. Quiere llamar mi atención.

—¿Por qué insistes en ese tema, Henry? —dijo molesta—. ¿Acaso quieres que te busque?

—¡No! ¡Lo que quiero es que me dé mi espacio!

—Entonces, ignórala. Bórrala de tus redes —afirmó pensando en lo testarudo que era su amigo. Estaba cayendo en el mismo círculo vicioso de hace un año, cuando fue rechazado por primera vez.

Capítulo 41

El método

Esa mañana desperté de buen humor y me concentré en avanzar unos trabajos. Todavía no conseguía empleo, pero poco a poco habían llegado nuevos clientes y recomendados de estos que me encargaron algunos diseños. Eso me mantenía ocupado y disipaba la ansiedad que lógicamente atraviesa una persona sin estabilidad económica.

Volví a desconectarme voluntariamente del grupo de rol y mis amigos con el fin de restablecerme emocionalmente luego de la partida de Stephanie. Al parecer, esta conducta había dado frutos, ya que, con el pasar de los días, me sentía más tranquilo.

Sin embargo, al llegar la noche recibí una inesperada prueba.

> From: stephaniemarquez@gmail.com
> To: shinichi115@gmail.com
> Subject: hola
> Date: Fri, 2 Nov 2007 21:00:00 +0000
>
> Hola, Néstor:
> ¿Cómo estás? Disculpa por no haberme comunicado contigo todo este tiempo. Es que quería darte tu espacio. Siento mucho lo que pasó ese día y deseo que me perdones si fui dura. Te estimo en verdad, como amigo. De todo corazón, espero que consigas una chica correcta para ti. Lo mereces.
> Un abrazo,
> Stephanie

En ese momento, comprendí a Henry y sus recaídas con Karen, y a Ada y su insistencia con Rolando. Empecé a temblar frente al computador y caí al suelo dando escupitajos.

Traté de levantarme y miré al espejo que estaba colgado en una de las paredes de mi cuarto. La voz al otro lado del vidrio me dijo:

—¿Eso quieres, Néstor, estar hecho mierda por una mujer?

—¿Yo? —contesté timorato—. ¡Tú no sabes cómo se siente!

—¿Qué se siente, huevón? ¡Ni que fuera la última flaca del Perú!

—¡Es que la amo! ¡Es especial para mí!

—¡Cojudeces! ¡Compórtate como un hombre, cabrón!

Lo observé asustado.

—Ahora me vas a escuchar —continuó—. Deja de llorar como una niñita y busca una mujer de verdad. Y tírate a diez en el proceso.

—¿Tú crees que pueda?

—¡Si Rolando pudo, por qué tú no, director de arte!

Ese fin de semana ocupé mi tiempo en crear una cuenta en Tagged y retocar algunas fotos mías. Descargué *El método* de Neil Strauss y *+ Chicas* de Jazzman, los que devoré enseguida. Una vez terminado mi aprendizaje, comencé a reclutar nuevas víctimas.

Una incauta respondió mi llamado. Su nombre era Sara y trabajaba como contadora. Tenía 31 años y era soltera. Por su foto de perfil no podía adivinar cuán alta era, pero tampoco me importaba. Por lo poco que pude conversar con ella no detecté que quisiera algo serio.

Acordamos vernos el viernes 16 en Miraflores. Escogí mi mejor atuendo para la cita. Días antes visité a Rolando para pedirle consejos y quedé impresionado con su soltura.

La noche de nuestro encuentro, llegué temprano a la Calle de las Pizzas y la reconocí por aquellas enormes gafas de carey. Me acerqué y saludé.

—Hola, ¿tú eres Sara? —dije.

—Sí, soy yo. ¿Qué tal?

Nos sentamos en un restaurante y pedimos una jarra de sangría. Frente a frente no parecía tan bonita. Seguramente que ella también usaba retoques. Llevaba el pelo algo maltratado y sus dientes se veían bastante amarillos.

—¿Y a qué te dedicas, Néstor? —preguntó de pronto, distrayendo mi análisis.

—Soy diseñador gráfico.

—Qué bueno. ¿Dónde trabajas?

—En ningún lugar, je —respondí—. Estoy de *freelance*.

—¿*Freelance*? ¿Qué es eso?

—Trabajar por tu cuenta, ser independiente.

—¿Y te da para vivir? —preguntó. No la noté muy prudente.

—Sí, claro, para mis gastos.

—¿Vives solo o con tus padres?

—Con mis padres.

—¿Cuántos años me dijiste que tenías? —preguntó incrédula, mientras sacaba un cigarro de su cartera.

—29, tengo 29 años.

—Bueno, chico, yo pensé que podríamos formar una familia —dijo expulsando humo—. Pero creo que estás verde para eso.

Diez minutos después, despedí a mi acompañante y pagué la cuenta. Me sentí defraudado y molesto. ¿Por qué conmigo se portaban así? Caminé rabioso hasta el paradero y regresé a casa echando chispas. Al llegar, prendí la pc y descargué mi ira contra la primera persona que hallé conectada esa noche.

—Hola, Ada —dije.

—¡Néstor! ¿Cómo estás? —respondió inocentemente ella.

—Bien, ¿y a ti qué tal te va con Rolando?

—¿Con él? Bueno, mejorando.

—¿Eso crees? Mira, te paso un archivo —dije mandándole aquellos libros de seducción.

—¿Para qué me das esto, Néstor? No entiendo.

—He estado estudiando el comportamiento humano y llegué a la conclusión que para conquistar a una mujer no se necesita ser extremadamente guapo ni tener mucha plata.

—¿Así?

—Es más, ustedes reaccionan mejor cuando nosotros intentamos empatizar con sus necesidades. Por eso a Rolando le va genial. Es todo un ganador.

—Uhmm —respondió.

—¿Sabes cuál es el proceso? Primero, te haces amigo de la chica. Luego, jugueteas, la dejas que hable, que te cuente todo lo que quiera: así te metes en su cabeza. Ella solita se va a regalar. Y uno después queda libre de culpa porque no le ha prometido nada.

—¿Eso te ha dicho él?

—Claro, y yo mismo lo he podido comprobar con todos los casos que me cuenta. No hay mujer imposible si tienes confianza en ti mismo. Eso lo he aprendido de Rolando. Él ha adaptado lo que sale en esos libros y lo utiliza siempre.

—Pero conmigo es sincero. Me ha dicho que me quiere y siempre me manda emoticones de zorritos con corazones.

—A todas les debe enviar lo mismo y no les está mintiendo. Solo que sus palabras te habrán parecido promesas.

—Pero nosotros nos llevamos bien —dijo—. ¿Acaso no te ha hablado de mí?

—La verdad no, el último nombre que escuché salir de su boca fue Carmela.

Ada cerró sesión sin despedirse.

Capítulo 42

Ocho de espadas

Eran las 00:27 horas cuando Ada llamó a Rolando:

—Aló, Ada, ¿qué pasa? —contestó soñoliento.

—¿Lo que me dijiste era mentira? —preguntó Ada.

—¿Qué cosa?

—Néstor me ha comentado que has leído un libro de seducción y lo has aplicado conmigo.

—Para tu carro… ¿Quién te ha contado eso?

—Néstor Parra. ¿Qué quieres que piense si él es tu mejor amigo? Y ha afirmado que tú has adaptado tus conocimientos conmigo.

—Ada, te has confundido. No creo que él haya hablado así. Todo lo que te he dicho es verdad. No te he mentido. Me ha pasado ese manual, pero no lo he leído. Y jamás lo usaría contigo. Eso sería muy bajo.

—Mira, Rolando. Yo me he hecho responsable de todo lo que ha pasado entre nosotros. Pero siquiera por ser tu amiga, por ser conocida, te pido que seas honesto. He preferido decírtelo antes de crear un resentimiento que me haga estallar de ira.

—Yo he sido sincero contigo, Ada. Nunca te mecería. A Néstor solo le di consejos de cómo acercarse a una mujer y él mencionó que en el libro decía lo mismo. Le respondí «Cada uno tiene su estilo» y lo malinterpretó. Pero yo, jamás, entiende, jamás emplearía trucos contigo.

—¿Por qué los usarías si ya me conoces? ¿Acaso soy como las otras?

—No, tú no eres como ellas. Eres una amiga cercana, compañera de juego y trabajo. Te tengo mucho respeto y cariño. Tú sabes que no estoy en plan de enamorarme. Lo que ha sucedido entre los dos es algo muy aparte. En verdad, antes tenía mis dudas, pero me has demostrado que eres más madura que yo. Incluso le he dicho a Néstor que lo que pase entre tú y yo será cosa nuestra.

—¿Estás en tu casa? —preguntó ella.

—Sí, acabas de despertarme y yo tengo el sueño muy ligero.

—Perdón, es que estaba enfadada —dijo apenada.

—No te preocupes. Hablamos en la chamba, ¿te parece?

—¿No puedo visitarte?

—¿Mañana? Digo, ¿más tarde? —contestó dudoso—. Bueno, ven a las cinco. Ahora descansa, ¿sí?

—¡Está bien! ¡Nos vemos!

Horas más tarde, Rolando la recibió con una sonrisa.

—¿Más tranquila?

—Un poco, pero necesito un abrazo —dijo poniéndose engreída.

—¡Tú no cambias! Espera que estemos en mi cuarto —respondió acercándose a ella. Una vez dentro de su habitación, se sentaron encima de su cama. La abrazó y la trajo a su pecho, luego empezó a acariciar su pelo.

—¿Sabes qué he estado pensando? —dijo él.

—¿Qué?

—En cómo empezó todo. ¿Recuerdas las primeras veces que venías y yo me ponía muy nervioso?

—¿Esa vez que me puse ese polo que te gusta?

—No, antes.

—Uhmm.

—Uhmm —contestó sonriendo. Se acercó hacia ella y empezó a llenarla de besos—. Ayer justo estaba viendo un capítulo de *Tiempo final*. Trataba sobre una despedida de soltera donde fueron tres amigas, y una de ellas me recordó a ti.

—¿A mí?

—Sí, a ti —respondió y la cogió de la cintura. Luego, empezó a meterse los dedos de la mano de ella a su boca, para después besarla y decirle—: Te cuento. Eran tres amigas: la novia, una que era medio perra y la calladita. Habían contratado a un *stripper* y la novia tuvo sexo con él, pero fue sorprendida por su prometido. Este, al descubrir al tipo, le dijo que no se casaría con ella. Pero después se arrepintió y le cambió la ofensa si aceptaba que se acostara con sus invitadas.

—¿Frente a su pareja? —preguntó espantada.

—Claro, así saldaba el engaño. Primero, entró la zorra y se despachó como quiso. Cuando terminó llamó a la otra. Anita le decían.

Rolando se quedó mirando a Ada.

—En ese momento creí que la historia se volvería aburrida, pero me equivoqué. La muchacha, que parecía muy modosita, en cuanto comenzó a coger se soltó toda. Me recordó tanto a ti.

—¿A mí? —contestó Ada haciéndose la desentendida.

—Sí, como dicen cuídate de las aguas mansas. Con esa flaca hizo todas las poses posibles. Yo me excité muchísimo.

—¿Así? ¿Y qué te gusta de mí?

—Bueno —dijo tocándole los labios—. Me encanta cómo provocas.

Capítulo 43

La camarilla

Al día siguiente, Henry visitó a Néstor.

—Hola. ¿Cómo estás, Henry? Pasa —dijo Néstor al abrir la puerta.

—Hola. ¿A ti qué tal te va trabajando en casa?

—Más o menos, pero mejorando.

—Me alegro —afirmó Henry. Ambos se sentaron frente al computador de Néstor, que se encontraba en su cuarto—. ¿Y has sabido algo de la chica del rol? ¿Cómo se llamaba… Stephanie?

—Ni me la menciones. Me escribió hace poco. Pero no quiere nada conmigo —respondió Néstor, que no se encontraba de buen humor—. ¡Mejor cambiamos de tema! ¿Cómo te va en la UPC?

—Bacán. La paga es buena y me alcanza para la mensualidad.

—Qué bueno. ¿Y tus compañeras qué tal están?

—Uhmm —dijo Henry levantando la mirada—. Las de Ingeniería son como yo cuando recién entré a la revista.

—¿En serio?

—Sí, nada rescatable. Pero unos patas de la oficina me presentaron hace dos semanas a una flaca y la invité a salir.

—¡Buena! —exclamó Néstor golpeando el brazo del joven—. ¿Cómo se llama la afortunada?

—Kaoru.

—¿Cómo la de Kenshin?

—Sí. Bueno, su nombre es Sandra Kaoru. Pero le decimos Kaoru porque es descendiente de japoneses.

—Entonces, ¿ya tienes novia?

—¡Qué va! —respondió Henry como si le hubieran contado una sonsera—. Le he dicho claramente que no busco nada serio y ella ha aceptado. Vamos a ser «amigos con derechos».

—Asu, ya estás aprendiendo —comentó Néstor pensando que todos se habían vuelto unos pendejos.

—Justo el viernes me llevó a su casa porque se suponía que no habría nadie. Pero cuando lo estábamos haciendo…

—¿Qué pasó?

—Llegaron sus hermanos y ella se puso nerviosísima. Entonces, nos apuramos en terminar y, por eso, cuando se vino —dijo Henry esbozando una sonrisa— todos esos miedos hicieron que tuviera un superorgasmo. ¡Alucina!

—¡No te puedo creer! —comentó Néstor al ex chico de camisas a cuadros.

—Según Kaoru, sintió como si todas las luces se apagaran. Dice que nunca había experimentado algo así. No ha parado de enviarme mensajes porque quiere que lo repitamos.

—¡Buena, Henry! —dijo su amigo riéndose. Los dos celebraron la hazaña con un par de cervezas.

Ernesto Manarelli era considerado en su promoción como la revelación del cine contemporáneo peruano. Sus profesores guardaban grandes esperanzas de que continuara su aprendizaje y lograra reconocimiento mundial. Tal vez podría seguir la senda de Alejandro Gónzalez Iñarritu o Guillermo del Toro, claro si antes dejaba a un lado la *frikeada*.

Sus padres, profesionales pudientes, soñaban con que su único hijo alcanzara la fama y el aplauso que todo artista ansía. Ellos no dudaban en apoyarlo económicamente para que hiciera una maestría en el exterior. Su madre ya había averiguado de algunas universidades en Estados Unidos y Reino Unido a las que podría postular Ernesto luego de recibirse de bachiller. Solo necesitaba elegir cuál y enviar su ensayo de admisión para que se le abrieran las puertas a su sueño. Una fantasía añorada por muchos y conseguida por pocos, que podía convertirse en realidad si no existiera alguien que lo atara a su patria.

Ese alguien era Susy.

—¿Estás hablando en serio, Ernesto? ¿Te quieres quedar por esa chica? —le preguntaba asombrada su madre. En su lugar, hubiera dejado hasta a su marido.

—Sí, mamá. Ella me necesita. No puedo dejarla sola.

—Pero ¿qué le ves? ¿No te das cuenta de que es una pobrecita?

—¡No hables así! ¡Yo la amo! —respondió molesto—. ¡Va a ser la madre de mis hijos!

—Sé que es tu primera ilusión, pero no va a ser la última —agregó la mujer—. Si ella te quiere de verdad, preferirá tu progreso.

—¿Y si me voy y se consigue otro? —argumentó nervioso. No era guapo, al fin y al cabo. Siempre se había sentido menos frente a esos chicos rubios del Regatas. Susy, en cambio, no se dejaba llevar por las apariencias. Además, era más afín a él.

—Está bien, respetaré tu decisión. Ojalá no seas uno más del montón.

Al estar trabajando en casa, Néstor empezó a extrañar el rol y sus amigos. Eran raros, lo sabía, y sus conductas podrían ser las delicias de Frans de Waal, pero en el fondo les tenía bastante aprecio. Los chicos vivían y respiraban *Vampiro*; no tenían mayor preocupación que subir de nivel y ganar nuevas habilidades. Eran *freaks* de la cabeza a los pies.

Una vez le comentaron que Ernesto, Sergio, Manolo y Rolando se reunieron en el *food court* de un centro comercial para entrenar días antes de un torneo, pero no los dejaron jugar. Buscaron, entonces, por los alrededores hasta llegar a un parque, donde se ubicaron cerca de la gruta de la Virgen.

Estaban divirtiéndose con toda normalidad hasta que apareció un vecino, quien molesto gritó a los muchachos:

—¡Salgan de ahí, imbéciles! ¡Ustedes no respetan nada!

Ellos se asustaron y huyeron despavoridos. Sin embargo, cuando estaban a unos metros de ahí, comenzaron a despotricar del hombre.

—¡Qué tanta huevada, si es un sitio público! ¡Cómo si nos estuviéramos drogando! —comentó Manolo.

—¡Claro! ¡No sé por qué tengo que respetar una imagen de yeso! —agregó Rolando.

Capítulo 44

La carta de amor

24 de noviembre
Querido diario:

Hoy acordé reunirme con mis amigas. Por eso llamé en la noche a Rolando. No estaba en su casa, así que le marqué al celular. Timbró y no contestó. Volví a intentar.

—Aló —dije.

—Aló —contestó.

—Hola. (Escuché música al otro lado del teléfono). He quedado con mis amigas para vernos el próximo sábado y les he dicho que vendrás.

—¿Yo? ¿Por qué?

—¿Por qué?... Oye, ¿estás en tu casa?

—Sí. —Mintió.

—¿No me dijiste que no tenías plata?

—¿Tenemos que hablarlo ahora?

—¿Qué?

(Silencio)

—¿Tenemos que hablarlo ahora? Lo conversamos luego, ¿sí?

—Uhmm, ya.

—Ya.

Corté.

25 de noviembre
Querido diario:

Como no había obtenido respuesta, utilicé el modelo de la carta de amor que está en *Los hombres son de Mar-*

te y las mujeres son de Venus. Le manifesté mi pesar por haberme tratado así.

> Querido Rolando:
> Escribo esta carta para compartir mis sentimientos contigo.
> Estoy triste por la manera cómo te comportaste el sábado. Tal vez estabas ocupado en ese momento y no me podías atender, pero me hubiera gustado que seas un poco más gentil conmigo.
> Sé que no tenemos una relación, pero en el tiempo que hemos estado viéndonos te he tomado mucho cariño y, por eso, me duele cuando actúas de manera tosca.
> Espero que comprendas mi actitud de ese día. Recuerda que tú una vez sentiste esa misma ansiedad al no saber dónde estaba la persona que amabas.
> Te quiere,
> Ada

Una hora después, Rolando me devolvió el mensaje y pidió disculpas. Según me contó, se encontró con la negra en un café. Dice que no la veía desde que se fue a Londres, pero admitió que no debió herirme. Es que no era el momento, señaló.

Horas más tarde, ya más tranquila, lo busqué en una página de citas llamada Tagged. Ahí descubrí que tenía 25 contactos, entre ellos varias mujeres mayores de 30, y algunas de 50. No vi a la negra. Seguro con ella se sigue haciendo el santo.

Esas personas no eran bonitas, sus fotos parecían arregladas. Salían casi calatas. O sea, se notaba que buscaban sexo y eran unas pendejas.

28 de noviembre
Querido diario:
No le he comentado a Rolando sobre su perfil de Tagged. Preferí llevar la fiesta en paz porque no quiero que se desanime del almuerzo con mis amigas.

Sin embargo, seguí stalkeándolo. Me sorprendió leer unos mensajes de unas señoras muy feas que le mandaban saludos. (Aunque también en su hi5 hay otras tías. Ya no sé qué pensar acerca de sus gustos). Eso me está haciendo picadillos el ego. Yo que me esfuerzo un montón…

1 de diciembre
Querido diario:

Rolando y yo nos encontramos en un restaurante con mis amigas de Literatura, Jaqueline y Dulce María. Él estuvo muy conversador y les prestó mucha atención a ellas más que a mí. Les contó anécdotas de los chicos del rol (que yo desconocía) y se mostró galante en todo momento.

Durante esas horas, permanecí observándolo en silencio sin poder probar bocado.

Al salir del restaurante, Dulce María se despidió de nosotros y él volteó a mirarle el trasero. Sí, delante de mí.

Capítulo 45

El gran inquisidor

—¿Podemos conversar un rato? —preguntó Ada a Rolando, cuando él se preparaba para retirarse de la oficina. Había esperado hasta ese momento para hablar con él.

—Sí, claro —respondió—. Vamos a mi casa.

Tomaron un bus y en media hora estuvieron en la habitación del joven.

—Siéntate —dijo.

—Gracias. Rolando, el sábado te pasaste.

—¿Yo?

—Sí, tú —afirmó molesta—. ¿Cómo pudiste voltear a mirarle el trasero a mi amiga?

—¿Para qué te fijas, pues? —contestó—. ¿No te acuerdas de que en *Evangelion* Misato bebía delante de Shinji y sus amigos, y estos le decían qué afortunado era porque con él podía ser ella misma?

Ada quedó consternada.

—¿Esperas que te felicite por eso?

—Además, nosotros solo somos amigos —afirmó Rolando—. ¡No sé por qué me reclamas si no tenemos nada!

—Ya van cinco meses que nos vemos a escondidas. ¿Por qué no oficializamos lo nuestro?

—¿Oficializar? Tenerte como enamorada sería burlarme de ti. ¿Cómo podría decirle a la gente que te amo si no lo siento?

—¿No lo sientes?

—No, no te veo como compañera.

Ada bajó la cabeza pidiendo clemencia.

—Yo siempre he sido frío con todas —prosiguió él—. A Celia no la abrazaba después de hacer el amor, pero sí estaba bien enamorado de ella. Solo que no lo demostraba. Por ti siento un gran cariño, eres una amiga especial. Contigo es solo lujuria, que se acaba luego. No es que al día siguiente quiera verte.

—¡Hace unas semanas estabas muy afectuoso conmigo!

—Me habré sentido bien en ese momento.

—¿No crees que tu comportamiento es ambivalente?

—Sabía que esto iba pasar —dijo Rolando caminando de un lado a otro—. Nunca creí que te conformarías con lo que tenemos. Es mejor que nos separemos.

—¡¿Separarnos?! —preguntó alarmada.

—Sí, pienso que estás demasiado aferrada a mí y no buscas otra persona con quien podrías estar —le contestó.

—¿Y terminaron? —preguntó Henry bebiendo un sorbo de café.

—No —afirmó Ada, que estaba sentada frente a él—. Al irme me dijo «A veces pienso que te gusta el sexo y que lo haces conmigo porque no tienes con quién».

—¡Qué fresco! ¡Le hubieras dado una cachetada!

Ada volvió a bajar la cabeza.

—Era tu oportunidad para mandarlo a la mierda —continuó Henry—. Si lo hubieras cortado, te aseguro que se sentiría liberado.

—¿Tú crees?

—Estoy seguro, eres un impedimento para su vida pendeja. Además, ¿no crees que ya fue suficiente? ¿Qué pasa si se enamora de alguien? ¿Dónde quedas tú?

—¡No creo que eso pase!

—Me gustaría tener tu optimismo, Ada —dijo con sarcasmo—. Deberías escribir un libro.

—Tampoco te pongas así, Henry. Estoy tratando de sobrellevar esto de la mejor manera.

—Bueno, princesa, yo veo que te estás enredando tú misma. Pero, en fin, es tu vida.

20 de diciembre
Querido diario:

Después de ese día, he dejado que Rolando haga su vida. Pero en el rol han surgido nuevos problemas. Todo empezó cuando les dije (hace una semana) para organizar una chocolatada el 23. Los chicos aceptaron y hasta Susy se puso contenta. Ella mencionó que podía hacer las compras de la comida. Yo le respondí que no se preocupe, que me iba encargar de preparar los sándwiches y el chocolate. Por eso, empezó a atacarme de la manera más vulgar y maleducada.

Entonces, hablé con Rolando y él me respondió que la había choteado cuando intentaba ayudar. Que le pidiera disculpas y ella también se iba a disculpar. A mí me pareció absurdo, así que continué con los preparativos.

Sin embargo, Susy y su enamorado no dejaron de insultarme. Rolando les escribió un correo en tono conciliador y ellos arremetieron contra el pobre.

El sábado llamé a casa de Rolando y su mamá quería saber qué había pasado. Al contarle, me dijo que ella se encargaría de todo, que su hijo le había pedido que lo haga y, ante su sorpresa «¿Qué, Ada no era la que lo hacía?», él respondió «Es que no quiero que pase la reunión en la cocina. Mejor que esté tranquila».

Me dijo que de esa manera callaría a Susy y la haría sentir mal.

Ahora que lo pienso, ¿por qué actuó así Rolando? ¿Querrá hacer las paces conmigo?

Néstor quiso defenderme, pero Susy argumentó que ella nacía de la acción-reacción. Que ella responde lo que recibe, o sea que yo fui grosera con ella. Encima, envió una imagen de unas manos apretujando un pajarito.

23 de diciembre
Querido diario:

La chocolatada fue un éxito. Pero la mamá de Rolando no movió un dedo. Fui yo la que hizo todo.

Cuando regresé del supermercado, encontré a los chicos viendo mujeres en hi5. Al parecer, eran amigas de Rolando. Me fijé en una de ellas, que se veía triste. Lucía algo descuidada. No entendí cómo podía colgar una foto en ese estado y pretender buscar pareja.

¿Quieres terminarla de destruir?, quise gritarle frente a todos. Pero me controlé de hacer una escena.

Me encerré en la cocina hasta que terminé con los entremeses. Manolo y Sergio me ayudaron a llevarlos al cuarto donde jugamos.

Las horas siguientes, traté de olvidar ese incidente y divertirme.

25 de diciembre

Hoy en Navidad recibí los saludos de mis amigos y también de Rolando, justo a medianoche.

26 de diciembre

Busqué a Rolando después de la chamba y le pedí unos minutos para conversar. Mientras caminábamos me acerqué a él y lo cogí del brazo. No pareció molestarse. Le mencioné que ya se acercaba Año Nuevo y me dijo que había pensado lo mismo. Acordamos celebrarlo juntos.

Capítulo 46

Nothing in My Way

Era enero y ni Ernesto ni Susy querían volver al rol. Se sentían muy ofendidos y declaraban que «evitarían ciertas compañías». Ella envió un correo al grupo de *Vampiro* donde compartió un artículo sobre sexualidad titulado «La calentadora», colocando de *subject*: «Para que se informen los demás». Al chequearlo, me pareció que habían llegado demasiado lejos y les respondí que se dejaran de joder, que ya estaban cansándonos con un asunto que era agua pasada. Si tienes un problema con Ada, ve y díselo en su cara, escribí.

Los otros chicos también, de forma más amable, le pidieron que se olvidara del tema. Rolando fue el único que no intervino. Por eso fui a su casa y le reclamé:

—¿No ves lo qué están haciendo con Ada?

—¿De qué hablas, Néstor? —me respondió—. No he notado nada malo en su mensaje.

Volteé y me dirigí a un amigo suyo, que se encontraba en su habitación, y le dije:

—Percy, lee esto y dame tu opinión. Para ponerte en contexto: la que remite está molesta con una compañera del rol, por eso nos manda esta cadena.

El joven cogió la impresión que tenía en mis manos y la revisó. Luego, nos miró desconcertado.

—¿Tanto la odia como para tildarla de puta? —comentó.

—¿Ves, imbécil? —le dije a Rolando—. ¡Eres el único que no se da cuenta!

—Es que tú no piensas con maldad. —Lo defendió su pata.

—Bueno, tendré que hablar con ella y Ernesto —afirmó Rolando haciéndose el ofendido—. No voy a pelear, sino conversar para que me expliquen por qué actúan de esa manera.

Su discurso de hombre digno no me convenció del todo; por eso, al día siguiente, decidí escribirle a Susy. Ella me declaró que estaba harta de Ada porque era muy coqueta y se notaba que jugaba con nuestros sentimientos. Me contó que le había enviado dos *mails* a su novio y que, obviamente, quería levantárselo. Yo traté de defenderla y le confesé que Rolando estaba saliendo con ella.

—¡Pero si él me dijo que no tienen nada! —me contestó.

—¿Qué? ¡No puedo creerlo! —respondí.

—Sí. Justo nos reunimos para cenar con Ernesto. Como Rolando deseaba hablar con nosotros, lo invitamos a comer. Lo acusamos de estar beneficiando a Ada en el juego. Pero él nos respondía «¿Yo? ¿De verdad?» a cada una de nuestras objeciones.

—¡¿Qué cosa?! —dije espantado.

—Lo que oyes. Lo negó todo —contestó Susy. Al despedirme de ella, llamé a Ada y la puse al tanto. Esa fue nuestra última conversación. Según George, renunció en secreto.

Semanas después, Ernesto y Susy regresaron a las sesiones de *Vampiro*.

Ernesto se quedó en Perú y ahora hace videos institucionales. Ella sigue en la misma chamba.

La revista quebró en el 2009. Actualmente, Ignacio se dedica a hacer campañas publicitarias. George labora en una editorial. Genaro cambió de rumbo y se puso a estudiar Derecho. Hoy colabora en un estudio de abogados ubicado en el centro de Lima.

Karen se colegió de contadora. Ella y Sonia continúan frecuentándose. Henry sale por temporadas con Kaoru, luego se codea con otras chicas. Hace unos años se volvió a enamorar de una compañera de trabajo, que solo lo vio como amigo. Se deprimió, pero salió adelante. En estos momentos cursa un MBA. Karen lo agregó al Facebook y he notado que le ha dejado unos saludos en su perfil.

Yo pedí un adelanto de herencia y abrí mi propio taller de diseño.

En julio del 2012, en medio de la crisis económica mundial, Celia regresó al país. Con ayuda de Carlos, buscó a Rolando.

Seis meses después, contrajeron matrimonio.

Epílogo

From: shinichi115@gmail.com
To: princesadelashadas@hotmail.com
Subject: tarde, mal y nunca
Date: Mon, 24 May 2010 20:38:17 +0000

Hola, Ada. Espero y deseo que te encuentres bien. Desde luego, si no es el caso, no sé si sería bueno que leyeras lo que sigue a continuación.

Pero te escribo esto porque tienes el derecho de saber, aunque poco o nada te ayude en este momento. Básicamente, Rolando lo volvió a hacer. Lo mismo que te hizo a ti se lo hizo a otra chica, aun teniendo enamorada actualmente. Esta vez se trató de otra amiga nuestra que es menor de edad. No llegó a concretar nada más que besos y manoseos, pero vimos exactamente el esquema que empleó contigo y fue algo que nos enfureció tanto a todos, darnos cuenta de que todo este tiempo nos había estado engañando.

Porque sí, fue adrede, tanto lo que te hizo a ti como lo que le hizo a ella. Porque este acontecimiento nos ha revelado por fin que él realmente tiene un cuadro sociopático severo, que definitivamente no puede reconocer la diferencia entre el bien y el mal a la hora de tratar con una mujer. Realmente cree que, mientras una chica no lo rechace ni le diga nada, él no habrá hecho nada malo y su inocencia seguirá intacta. Es por eso que puede mentir tan convincentemente al respecto: realmente cree que es verdad cada palabra con la que se trata de justificar.

Hemos hablado con la chica, sus amigos y familia. Accedieron a no realizar acciones legales, que nos habrían destruido tanto a nosotros como a ellos. Afortunadamente, la joven va a superar esto. Es fuerte, tranquila, amable y lista (en estas y otras cosas se parece a ti. Ahí me convencí de que Rolando está siguiendo un patrón, tratando de castigar a alguien que fue cruel con él cuando era más chibolo). Esta vez, ella va a contar con nuestra ayuda, a diferencia de la injusticia que cometimos contigo.

Tarde y mal llega esto, pero te pido perdón por todos. Siempre tuviste razón y debimos creerte, solo que no teníamos experiencia tratando con el problema de Rolando. Él está razonablemente bien, contando el hecho de que su reputación está semiderruida y en nuestras manos, por si llega a intentarlo de nuevo. Voy a encargarme personalmente de que visite un psiquiatra y que esto no le vuelva a suceder a otra mujer.

Te pido —aunque sé que no necesito hacerlo realmente— que guardes discreción, más que nada por lo difícil que se nos está haciendo aún manejar las repercusiones de esto en toda la comunidad de autores, lectores y amigos implicados.

Por favor, sigue adelante y sé feliz; y de nuevo gracias por tu amistad y comprensión de entonces.

Néstor

Este libro se terminó de imprimir
en los talleres gráficos de
Aleph Impresiones S.R.L.
Jr. Risso 580 - Lince
Lima, Perú
en marzo del 2021